「すべてを与えられし者パンドラ、ついに神々の封印を解いて現世に帰還した！」
「さあ今こそこの世界を我が能力で支配してくれよう！私こそはすべてを与えられる女なれば、この世界をも与えられる資格がある」
パンドラ
異世界で土地を買って農場を作ろう
Let's buy the land and cultivate in different world
16
著 岡沢六十四
Illustration 村上ゆいち

キダン
先生
世界桜樹でお花見!

ヴィール
聖者キダンJr
博士

グレイシルバ
「何故……!? 何故アイツがここにいるんだ!? ヤツは……ヤツはこの世でもっとも恐ろしい男の一人なのだ………!」
ベルフェガミリア

著 岡沢六十四
Illustration 村上ゆいち
異世界で土地を買って農場を作ろう
16
Let's buy the land and cultivate in different world

contents

Let's buy the land and cultivate in different world

三度、風雲オークボ城

Let's buy the land and cultivate in different world

「風雲オークボ城！　今年も開催です!!」

宣言と共に拍手が巻き起こる。

もはや我が農場、冬の風物詩ともなっているアレ。

まあ開催場所は農場の外だけど。

今を去ること二年前……だっけ？　オークたちの願望から始まった築城作業が、いまや地域を巻き込むイベントに。

基本的に設置されたアスレチックを突破し、天守閣へ辿《たど》りつくことを目的とした競技だ。

平均台を渡ろうとする選手をクッションカタパルトで狙い撃ちして落としたり。大きくて丸い岩を坂の上から転がして押し潰したりと楽しい仕掛けが目白押し。

去年などはアクシデントから一時開催が危ぶまれたが、今年はさしたる問題もなく開催されそうなので冬に入ってすぐさま準備に入ります。

「オークボ城も三度目の開催となり、益々《ますます》好評を博しています。そこでさらなる新企画を取り入れることでさらなる飛躍を図っていきたいと考えています」

そこで目玉としてこの方たちの協力を取り付けた。

「S級冒険者の人たちです」

シルバーウルフさん。

ゴールデンバットさん。

ブラックキャットさん。

ピンクトントンさん。

ブラウン・カトウさん。

錚々《そうそう》たる面子《メンツ》が企画会議に席を並べております。

去年の風雲オークボ城、S級冒険者であるシルバーウルフさんが電撃参加することで会場は大いに盛り上がった。

あの時の体験を活《い》かし『一人であれだけ盛り上がるんなら、五人呼んだらとんでもないことになるんじゃね?』という発想の元、S級冒険者の全員参加を目指してみた。

幸い交渉が上手《うま》くいって、無事快諾を取り付けることができた。

「交渉……?　あれが……?」

シルバーウルフさん疑問に思ってはいけない。

たしかに博士まで出てきて何事かと思ったが、お陰でよりスムーズに説得が進んだ。

ダンジョン探索大好きゴールデンバットさんとブラックキャットさんは、今年のオークボ城への協力と農場に関する情報秘匿を条件に、先生とヴィールのところのダンジョンに入れる権利を得たという。

ピンクトントンさんとカトウさんも順次快諾を表してくれた。

「あの……、私の承諾は？」

「え？　シルバーウルフさんは協力してくれるでしょう？」

「するけど……！」

なら問題ないじゃないか。

というわけで今年の風雲オークボ城は豪華。

S級冒険者による全面協力が実現だよ！

「あわわわわわわ……！　S級、S級冒険者……!?」

その様に震えるのは、オークボ城開催地の領主として企画会議に出席くださっているダルキッシュさん。

「大丈夫……!?　大丈夫なんでしょうか!?　S級冒険者と言えば人間国を代表する英雄。民からの憧れは、王族をも遥《はる》かに凌《しの》ぐと言います……！」

「そのS級冒険者が一堂に会したら、反響も大きいことだろうね」

「大きすぎてとんでもないことになるかとッ!?」

ダルキッシュさん、絶叫。

そこまで凄《すご》いことなんでしょうか？

「S級冒険者の全員集合なんて、冒険者ギルドの式典でもなかなかないことですよ!!」

「どっかのアホが徹底して行事から逃げ回るからな」

シルバーウルフさんがぼそりと言った。

「これ参加報酬一人いくらかかるんです!?　ギルドにも許可とってあるんですか!?

魔族側に決起集会か何かだと誤解されたらどうするんです!?　それくらい面子が強い!!」

「落ち着いて、落ち着いて……!?」

しかしダルキッシュさんがここまで動揺するくらいだから、きっとお客さんも驚いてくれることだろう。

俺は成功の確信を深めた。

「領主殿、買い被《かぶ》ってはいけません」

今やＳ級冒険者の良識派としての地位を不動としたシルバーウルフさん。

「いかに階級を誇ろうと、結局のところ我々は冒険者。その日暮らしの無宿人でしかない。世の人々から尊敬を勝ち取る職業などではありません」

「何をおっしゃる！　アナタたち冒険者が日々ダンジョン内のモンスターを駆除し、その素材を持ち帰ってくれるからこそ我々は日々を平和に、より豊かに暮らしていけるのではないですか！　私は領主として、アナタたちの活躍にいつも感謝しております！」

「恐縮です」

「しかし全冒険者の頂点に立つお一人がここまで謙虚でいらっしゃるとは……。Ｓ級冒険者への尊敬の念が益々湧きました。我が領を代表し、どうかこれからもよろしくお願いいたします」

「こちらこそ。領主様の後援なくして冒険者の活動はままなりません」

互いに頭を下げ合うシルバーウルフさんとダルキッシュさん。

それを見詰める全員が思った。

——『これが大人の付き合いってヤツか……!?』と。

領地とかギルドとかを背負うと、どうしても自分勝手な発言ができずに最大限の配慮を持った言葉の選び方になってしまう。

領主であるダルキッシュさんはともかく、実力至上主義の冒険者の中でもああした配慮あるシルバーウルフさんはただ者ではなかった。

「フン、無駄な知恵を養いおって……！」

不機嫌そうなゴールデンバットの呟《つぶや》きは誰もが無視し、話を進める。

「報酬は聖者様から頂いておりますので領主様は心配いただく必要は一切ありません。ギルドの方にも私から話を通しておきましょう」

「ですが……？」

「重ねて心配はいりません。こう考えてはどうでしょう。出てくるのが我々で、むしろ軽い方だと」

「は……？」

「別に不思議ではありません。聖者様の関係者には、我々などよりよっぽど物凄い存在がたくさんおられるのですから。たとえば……」

シルバーウルフさん、一旦溜《た》めて……。

「ノーライフキングの先生が出演されるとしたら、どうでしょう？」

「……ッ!?」

言われた途端、場が静寂に包まれて……。

『ゴクリ』という生唾飲む音だけが響く。

「……たしかに、とんでもないことになりそうですな」

「それに比べれば我々S級冒険者の方がまだマイルドに済ませられると思いませんか?」

「わかりました、受け入れましょう」

二人は落としどころを見つけるように同意した。

でも、ここで言うべきだろうか?

今回既に、先生はゲスト出演が決定しているということに。

だって折角のイベントに先生だけ出られないいんじゃ仲間外れになってしまうからな。

そのことを……、よし、今は伝えないでおこう。

だってサプライズって大事じゃない。

こうして色々と決まるべきことが決まっていき……。

「では今回のオークボ城でS級冒険者様たちに参加いただくとして……具体的にはどのように関わっていただきましょうか?」

「普通に競技に参加するんじゃダメなの?」

「それじゃ面白くないにゃーん! 普通にやったんじゃ簡単に優勝してしまうにゃーん!」

そういうものか。

まあ、全冒険者の頂点に立つ最上級冒険者だからな。

ただ圧倒するだけじゃゲームは盛り上がるまい。

「じゃあ、どうする？　去年のシルバーウルフさんみたいにハンデつけとく？」

「だからアレはガチに殺しに来る手法であってハンデとは言わない!!」

「あ、いいこと思いついたにゃん!!」

色々ブレインストーミングしていたところ、ブラックキャットさんがS級冒険者の一人として発案する。

「液ビショビション・マッチョするにゃあ!!」

「エキシビションマッチ？」

間違え方が狙ったかのようであるが、俺もよくそこから正解を導き出したな。

エキシビションと言うのは、模範演技。

公式な試合の前に、見本とか余興とかの意味合いで見せるものだったはず。

「私たちが素人に交じってガチ競技したら大人げないばかりだけれど、損得切り離して『余興』という形で本気のプレイを見せつけたら盛り上がるはずにゃ！　プロの技を見せてやるにゃー！」

「なるほど、それはよさそうだな」

せっかく一流冒険者に出てもらうんだから、ハンデありの制限されたパフォーマンスより本気の本気を見せつけた方がお客さんも喜ぶはずだ。

S級冒険者の皆さんも、別に賞品目当て（オークボ城で全関門制覇して天守閣まで辿りついた参加者には賞品が贈られます）でやるわけでもなし。

それならばエキシビションで盛り上げに専念した方がいいよねッ、という話だ。

「よし！　それ採用しましょう！　S級冒険者によるエキシビション競技を敢行する!!」

「ちょっと待つにゃーん。話は最後まで聞くにゃーん」

何でしょうブラックキャットさん。

まだ付け加えたいことでも？

「せっかくだから対戦カードを絞るにゃん。S級全員一斉にもいいけど、もっと選《よ》りすぐった方が盛り上がるにゃん！」

と言いますと？

「ゴールデンバットvsシルバーウルフの一騎打ちにゃん！　S級冒険者のナンバーワンを決める戦いに盛り上がりは確実にゃん!!」

対決、銀狼VS金蝙蝠

―Let's buy the land and cultivate in different world―


こうして開催当日となりました。

チキチキ！　第三回風雲オークボ城ッ!!

前回前々回と好評だったのが、今回さらに話題を呼んで参加者数が最高記録を塗り替えました！

どこまで行くんだオークボ城！

というわけでこれまで同様、賑《にぎ》やかにお送りしていきたいと思います。

オークボ城があるのは、人間国はダルキッシュさんの治める領内。

普段は閑静なこの土地も、今日だけは都会のごとき大賑わい。

見物人だけでも地を埋め尽くすようであり、それらをターゲットにした出店も並び、レタスレートの豆屋さん、ヴィールのラーメン屋など大賑わいだ。

そして今回はさらに人気を呼び込む特別企画が用意された。

それこそS級冒険者。

シルバーウルフ&ゴールデンバットの真剣勝負。

本戦に先駆けて、人族の頂点に立つ二人がオークボ城の並みいるアトラクションに挑戦していただくこととなった！

そのことを開会の辞で告げると同時に、会場は大興奮に包まれた。

「ゴールデンバットだとおおおッ!?」

「シルバーウルフ様ああああああッ!!」

「栄えあるS級冒険者の二人が出場されるなんてとんでもないことだべえええッ!!」

「どこまで凄《すご》いことになるんだ、このオークボ城はよおおおおおッ!?」

そこかしこから歓喜と戸惑いの声が上がる。

それもこれもS級冒険者というビッグネームゆえ。

いつか誰かが言っていた『S級冒険者は、人間国では魔王以上の名声をもつのだ』という指摘がまたしても証明されることとなった。

これよりセレモニーとして、すべての行程に先んじて最高の二人にオークボ城アトラクションへと挑戦してもらう。

しかもただアトラクションをクリアすればいいというわけではない。

そりゃ人類最高クラスの能力を持った二人。『クリアすることは当たり前』という前提で、二人にはより高度な『競争』をしてもらうことになった。

つまり『どちらが先に全関門をクリアできるか?』という速さを競い合う。

二人だけで同時にスタートし、オークボ城のすべての関門を潜《くぐ》り抜け、天守閣へとたどり着く。

先にゴールした方が勝ち。

全冒険者の最高峰に立つ二人の、どちらがより優れているか白黒ハッキリつけさせるという世紀の一戦でもあるわけだ。

そりゃ会場は沸きに沸き返ることだろう。

「すべて計画通りにゃーん!!」

関係者席からふんぞり返っているのはもう一人のS級冒険者。

猫の獣人ブラックキャットさん。

その他のS級冒険者もオークボ城の盛り上げに協力してくれているが……。

ピンクトントンさんは自営特設リングでファンとの触れ合いプロレスとか。

カトウさんはトランポリン芸を披露したりとかそれぞれデモンストレーションに余念がない。

「この人だけ何もしてない……?」

「何を言っているにゃーん!? 私はこの歴史的一戦の仕掛け役として一番活躍しているにゃーん!!」

コイツ、プロモーター気取りか!?

「私の深遠な考えを知るにゃーん! ただ盛り上げたいならS級冒険者全員で勝負させるのが本命。オールスター感が出て興奮するにゃーん! それなのにあえて選手を二人だけに絞る! その意図とは！」

答えはCMのあと！

とでも続けてきそうな勿体《もったい》ぶった口ぶり。

「S級冒険者は特別にゃーん！ しかしその中でも特に特別なのが、あの二人にゃーん!!」

S級冒険者は、四天王などと違って明確なチームではない。

あくまで階級だ。

あまりに厳しい審査基準のため常に片手で余る程度の人数しかいないので、一括《ひとくく》りにされがちだが。

そして最強世代と名高い今のS級冒険者にも、明確な序列が付けられているという。

なんと言っても最高格、序列一位のゴールデンバット。

それに続く序列二位シルバーウルフさん。

序列三位ブラックキャット。

「まあ世間からの無責任評価にゃーん」

「ピンクトントンさんとカトウさんは四位五位？」

「あの二人は総合力でこそ上位に入らないけど、一点突破の個性があるからにゃーん。何しでかすかわからないジョーカー扱いにゃー」

なるほど。

ならば今、勝負の場に立っているゴールデンバットとシルバーウルフさんはまさに全冒険者のツートップ。

ナンバーワンとナンバーツーの戦いともなれば、そりゃ盛り上がることであろうよ。

「もしもシルバーウルフちゃんが勝てば……序列一位の交代にもなりかねないにゃーん！　その期待で会場は沸騰にゃーん!?」

「え？　なんで？」

皆なってほしいの？

シルバーウルフさんこそ全冒険者の頂点に？

「当たり前にゃーん？　アレを見るがいいにゃーん」

ブラックキャットの指し示す先。

そこには既にスタート地点に立って『よーいドン』の掛け声を今や遅しと待つ一流冒険者二人の姿があった。

「成り行きではあるが面白い展開になったな。そう思うだろうシルバーウルフ？」

先に声を放つのは現一位のゴールデンバット。

蝙蝠《こうもり》の獣人である彼は、何とも形容しがたい蝙蝠ヘッドの持ち主で、その点狼《おおかみ》の獣人で、犬顔のシルバーウルフさんと共通する趣がある。

ただ蝙蝠の顔って……。

俺も詳しく見たことがないから何が正しく蝙蝠顔なのかもよく知らない。

ただやはり聴覚自慢だけあって耳の造りが物凄く、特徴的だ。

「オレはかねてからお前を完膚なきまでに叩《たた》きのめしたいと思っていた。お前の存在が目障りだからな」

「…………お前の方が私より上だろう？」

かねてより準備されていた魔法拡声器で、二人のちょっとした会話も数万といる全観客に余すことなく伝わるようになっています。

本当に用意がいいなウチのスタッフは!?

「本戦前のマイクパフォーマンスは盛り上げの本命にゃーん!!」

コイツの指示か!?

それはさておきスタート地点での対決ムードは否が応にも白熱する。

「フン、オレがナンバーワンであることなど当たり前。そこに得意になったり苛《いら》ついたりする理由などいない。しかしシルバーウルフ、お前がオレに続くナンバーツーの冒険者であることには歯痒《はがゆ》い思いをしていた」

「なんでだよ?」

二番目が一番目を煙たく思うのはわかる話。

上へ行こうとするのに、ありきたりな障害であって目の上のたん瘤《こぶ》だからな。

しかし上が下を目障りに思うってどういうことだ?

この不条理に居合わせた観客全員が首を捻《ひね》った。

「お前は、全冒険者の中で唯一オレの域に達する可能性を秘めた男。それなのにお前は自分の才能を無駄に扱っている。協調だ組織だと無意味なことにかかりきり、冒険者の本分を忘れている」

「冒険者ギルドの存続のためだ。ギルドあっての冒険者だろう」

シルバーウルフさん不動の言い返し。

「多くの冒険者が、ギルドの相互扶助なくして活動を続けることはできない。組織の世話になった一人一人が組織に恩返しすることは正しいことだ」

「それはオレたちのような一流には当てはまらない。組織に頼らねば冒険者としてやっていけない三流などに、お前という一流が煩《わずら》わされる。それこそが才能の無駄使いだと言っているのだ」

「私もまだ駆け出しの頃はギルドの世話になってきた。ギルドから紹介された先輩冒険者たちにたくさんのことを教わった。その恩を返し、今度は自分が後輩を導く。ただそれだけだ」

「そうして無駄にしている時間を自分の冒険に費やせば、もっと大きな成果が上がっていたろうということだ！」

「その成果も引き継ぐ者がいなくては意味がない」

なんか思った以上に白熱した舌戦になっている。

あの二人、今日こうして対決の舞台を整えられる以前から確執があったということか？

「アイツらは冒険者としてのスタンスが真っ向から対決してるにゃーん」

傍《はた》から見守るブラックキャットが『クックックこれは面白くなってきたにゃーん』と言わんばかりだ。

「探究、発見、一獲千金。……それらのロマンを純粋に追い求めるのがゴールデンバットの信条なら、シルバーウルフはギルドに奉公することで冒険者全体を支えていこうとするスタンスにゃーん。考えの違う二人はことあるごとに衝突してきたにゃん！」

そんな二人を一対一で戦わせる。

その狙いは！

「お前の蒙《もう》を啓《ひら》いてやろうと前々から思っていたが今日こそまさにその好機！　完膚なきまでに叩

きのめし、お前がどれだけ時間を無駄にしたか教えてやろう！」

「言いたい放題ぬかしおって……！　だったら私もお前を正面から叩きのめしてプライドをへし折ってやるまでだ‼」

周囲も『ウオオオオオオッッ‼』と盛り上がる。

ゴールデンバットとシルバーウルフ。

考えの違うトップ冒険者二人。その主張と誇りを懸けた争いに興奮も沸き起こるというものだ。

「いい感じに盛り上がってきたにゃーん‼　あの二人だけで争わせたら、ああいう感じにプライドを懸けてくるのは必至。お遊びムードも消し飛んで真剣勝負の緊張感にゃ‼」

出来上がった空気のヒリつきように満足しているブラックキャット。

ここまで計算してのことであったなら、イベントを盛り上げるためなら手段を選ばぬ、まさに策士⁉

「さあ争うがいいにゃ！　この一戦が冒険者ギルドの明日を決めると言っても過言じゃないにゃー‼」

あの……？

これ、そもそもはオークボ城のセレモニー企画であったはずなんですが……。

いつの間にか冒険者の未来とプライドを懸けた戦いに⁉

こうして火蓋が切られました。

S級冒険者ゴールデンバット。

同じくシルバーウルフ。

二人のプロフェッショナルとしての意地と誇りを懸けた一大勝負が。

いや、彼らには軽く競争して場を盛り上げてくれたらそれでよかったんだが……？

盛り上がりすぎて緊張感すらともなっている。

歓声もやみ、皆静かに固唾《かたず》をのんでいるじゃないかッ!?

「ちょっとブラックキャットさん!?　大丈夫なんですかねこれ!?　ちゃんと適度な賑《にぎ》やかしにしてくれるんですかね!?」

「ダイジョブにゃーん。今日の勝負は冒険者業界の伝説として語り継がれることになるにゃーん」

よくないですよそれ!?

セレモニーが本編食っちゃう勢いじゃないですか!?

「さあ、それでは勝負開始にゃ！　レディゴーにゃーん!!」

「開始の掛け声まで勝手に!?」

こうして始まったゴールデンバットvsシルバーウルフの真剣勝負。

二人の意地と誇りと冒険者としての在り方。

一体どちらの主張する冒険者が正しいのかを、この一戦で決める。

……と言わんばかりのガチぶりであった。

「おいやめろ！　オークボ城の本戦を迎えるまでに皆完全燃焼してしまう!!」

「真っ白に燃え尽きるにゃーん！」

だからそれをやめろと！

そうこうしているうちに選手はスタートラインを踏み越え、コースを爆走。

なんか流れで冒険者の意地を懸けた争いになってしまったが基本としてこれが風雲オークボ城の競技であることに変わりはない。

いつものオークボ城アトラクションを掻《か》い潜《くぐ》り、天守閣まで辿《たど》りつくのが彼らに課せられたミッションなのだ。

ここで改めてオークボ城アトラクションをおさらいしておこう。

まずは堀に渡した平均台を渡っていき……。

坂を転がる大岩をよけながら上っていき……。

初見殺しで有名なゾス・サイラさん謹製、叩《たた》けば叩くだけ増えていくホムンクルスが待ち受ける部屋。

以降色々と侵入者を迎え撃つ仕掛けが施された、まさに難攻不落のオークボ城なのだが……。

今回のゴールデンバットとシルバーウルフさんの二人も、それらを乗り越えて先にゴールした方が勝ちのはず。

まずはシルバーウルフさんが平均台に乗って、軽快に進んでいく。

「前回と同じ仕掛け！　ならば攻略には造作もない!!」

そうだ。

シルバーウルフさんは前回のオークボ城に参加した経験がある。

ドリアンと二人三脚という滅殺級のハンデを背負ってだが、それでも全関門をクリアして天守閣に到達してS級冒険者としての面目躍如をやってのけたものだった。

それだけに今年も用意されたアトラクションはすべて経験済み。

それは幾多の修羅場を潜り抜けたベテラン冒険者にとって、この上ないアドバンテージとなる。

「S級冒険者に一度見た罠《わな》は通じない！　この勝負、一度この関門を経験した私の圧倒的有利だ！」

平均台を渡りながら勝ち誇るシルバーウルフさん。

下は空堀。それなりに掘られた空堀なので相当に深い。

落ちたらと思うと並の恐怖ではないはずなのだが、そこは一流冒険者。怖いもの知らずでズンズン進んでいく。

「しかし卑怯《ひきょう》とは言うまいな!?　プロの冒険者となれば、攻略対象の事前調査は基本中の基本！つまり経験の差もそのまま実力の差ということだ！」

既に一般参加者のペースの倍近い速さで関門を乗り越えていくシルバーウルフさん。

今回はドリアンハンデがないだけに、スムーズさも半端ない速さだ。

もう第一関門の平均台を渡り終えてしまった。

「普通に平地を走り抜くのと変わらない速さ？」

「あれぐらい冒険者ならできて当たり前にゃーん」

何故《なぜ》かブラックキャットが誇らしげ。

そんなに自慢したいなら自分も参加すればいいだろうに。

しかし、このエキシビションはあくまで競争の体《てい》をとっている。

シルバーウルフさんばかりが急進しても、もう一人と抜きつ抜かれつのデッドヒートを演じてくれないと仕方ないんだが……。

……そのもう一人の競争相手はどうしている？

……いた！

ゴールデンバットはまだスタート地点で……。

一歩も走り出してもいないじゃないか!?

「何やってんだアイツ!?　やる気あるのか!?」

俺も主催者側としてオークボ城を盛り上げたいがためにイベントを組んだのだから、この勝負放棄ともいう態度には憤慨だ。

やる気がなければ銃殺刑だぞ！

「……愚かなりシルバーウルフ。だからこそお前は一流を超えられないというのだ」

「何だと!?」

余裕のゴールデンバット。

距離が離れているはずだがよく声が通じるなあ、あの二人？

「お前はいまだに三流冒険者の常識に囚《とら》われているから、この程度の有利で得意がっていられるのだ。教えてやろう。オレが何故S級冒険者となり、その中でも最高と呼ばれるのかを」

なんだ……？

ゴールデンバットの体が……メキメキ音をたてながら変わっていく!?

「S級冒険者を構成するほとんどが獣人であることは偶然ではない。……人族の過去の悪行によって植え付けられた獣の因子、それを現代まで受け継いできたオレたちには普通の人族を超えた獣の能力が備わっている」

シルバーウルフさんなら、狼《おおかみ》の獣性によって人一倍優れた嗅覚が。

ゴールデンバットはコウモリの獣人ゆえに聴覚に優れ……。

ブラックキャットは猫の獣人として暗闇も見渡せる便利な目がある。

彼らはそのおかげで冒険者の最上級を極めたというが……。

「獣人の力はそれだけにとどまるのではない。鍛錬し、修羅場を潜り抜けることでさらに開花する獣人の領域があるのだ。シルバーウルフ、お前は知らないだろうがな。見せてやろう」

これが……!?

「獣の力を極めた者が使う、『獣性解放』だ！」

ゴールデンバットが変身した!?

強大に、そしてより獣めいた姿に……!?

「なんと！　あれが『獣性解放』というヤツにゃーん!?」

「知っているのかブラックキャット!?」

すっかり実況と解説役になっている俺たち。

「私たち獣人は、訓練を積むことで意図的に自分の中の獣を引き出すことができるにゃ！　そうなったら体は大きくなり、野性を取り戻すしで普通より数段強くなれると聞くにゃーん！」

ブラックキャット、彼女も獣人であるわりに伝聞調で解説する。

「……キミはできないの？　それ？」

「できないにゃーん！　今いる獣人で『獣性解放』ができるヤツなんて一人もいないはずだったにゃーん!!」

え？　そうなの？

でもあの蝙蝠《こうもり》野郎は使っているよ？

「昔は使える人がたくさんいたと聞いているにゃが、今になるほど血が薄まって野性に還《かえ》るのが難しくなったにゃーん。S級冒険者でも使えないはずにゃーん！」

『しかし、オレは使えるのだ』

より獣に近い外見となって、声の質まで恐ろしげになったゴールデンバットが言う。

『これがオレの、幾多もの冒険を乗り越えて得た成果だ。数え切れないほどの純然たる試練がオレを、常識では踏み込めない領域へと導いた。それがこの姿だ！』

ゴールデンバットが生まれ持った獣性は蝙蝠。

その獣の因子を最大限にして、もっとも特徴になるところといえば……。

そう、蝙蝠は唯一自分の力で飛ぶことができる哺乳類ということだ。

『はーはははは!!』

『獣性解放』で大きく広げた翼を羽ばたかせ、大空へと飛び上がるゴールデンバット。

それを地上から全員が見上げる。

俺も、観客たちも、そして対戦相手であるシルバーウルフも。

『わかったか!? これがオレの、ナンバーワン冒険者になれた理由だ! 蝙蝠の獣性を最大限に活用できるオレは、大空をも自由自在!』

彼は、通算で歴代最高数の新ダンジョンを発見してきたというが、アレを見て納得だった。

翼があって空から探せば、地上からは見えないものも容易に発見することができる。

そうすることで誰にも破られない記録を打ち立ててきたのか!?

そして……、その力を今見せつけるってことは……?

「あああああッ!?」

そうだ!

平均台も、岩が転がる坂も、無限増殖ホムンクルスも、空を飛んで飛び越えられたら全部無力じゃないか!

そうやってすべての関門をかわして、真《ま》っ直《す》ぐ天守閣に到達するつもりか!?

「昔のテレビゲームの裏技みたいな攻略法を!?」

「ズルいにゃーん!　正々堂々勝負するにゃーん!!」

抗議の声も、空飛ぶ蝙蝠野郎にはどこ吹く風。

『正々堂々?　持てる手段のすべてをもってダンジョンを攻略するのが冒険者の正々堂々だ。己の獣因子を最大限解放できるなら、それを用いてダンジョン攻略に役立てるのも当然のこと』

「まったくその通りにゃーん!!」

同業として論破されたブラックキャット。

『むしろ「獣性解放」を使えないことで窮地に追い込まれたシルバーウルフが悪いのだ。オレは、自分以外でこの領域に入ることができるのはアイツぐらいのものだと買っていたのに。そうはならなかった』

それはシルバーウルフさんが、ギルドへ奉公したり、後進の指導に力を入れたりで自分自身の冒険者活動が疎《おろそ》かになることもあった。

その差が今、明確に現れている。

『お前は無様に犬のごとく、地面を這《は》って進むがいい。オレはその間に遥《はる》か先へと飛んでいくがな』

天空から降りてくる声に、反論できないシルバーウルフさん。

いやそれ以前に、いいわけないだろそんな反則技!

禁止!　空を飛ぶのは禁止です!

皆出あえ！　あの蝙蝠を打ち落とせ！
競技の健全な運営のために！

あんな反則技で天守閣に到達されたとなったらオークボ城の名折れ。

守城スタッフの手により必死の対空迎撃が試みられる。

こんなこともあろうかと用意された高射角用クッションカタパルトで弾幕を張る。

『ふはははははは！　そんなヘロヘロ弾でオレを撃ち落とすなどできるか！』

正真正銘の巨大蝙蝠《こうもり》へと変化したゴールデンバットは、次々襲い来るクッション弾を華麗にかわして、かすする気配もない。

蝙蝠は、みずからに備わった超音波探知で石つぶてもかわして飛行できると聞くが……。

ともあれ撃ち落とすには至らないが、張られた弾幕でなかなか天守閣へ近づけないのも事実。

「今にゃーん！　蝙蝠野郎が攻めあぐねている隙にシルバーウルフちゃん！　関門を突破してゴールするにゃー!!」

「そうだー！」

「頑張れシルバーウルフさん!!」

「悪者に敗けないでー!!」

観客は一丸となってシルバーウルフを応援しだした。

さすがに対戦者のルール無視っぷりが腹に据えかねたのだろう。日頃の行いも関係しているんだと思える。

ということで蝙蝠野郎は一気に観客全体のヘイトを掌握し、対戦カードのどちらがヒールで、どちらがベビーフェイスかが決定した。

したからには善玉シルバーウルフさんは是非とも逆転勝利して勧善懲悪を成してほしいところだが、そのためにはあまりにも勝負は厳しい。

状況を即座に理解し、必死に駆け上がるシルバーウルフさん。

しかし第二関門、大岩が転がってくる坂はそれほど容易《たやす》い障害ではなく（そうでないと主催者側としても面目がない）、大岩に当たれば即失格というルール上、慎重に進むしかない。

ということで苦戦のシルバーウルフさんだ。

「私も……私も『獣性解放』ができればゴールデンバットに後れを取ることも……!?」

しかもシルバーウルフさんは、相当な精神揺さぶりを受けていた。

「他者を顧みずに自分を鍛えることだけに明け暮れていたゴールデンバットのヤツが、新たなステージに立つ……。ではやはり私の方が間違っていたのか？」

あんなに心が乱れていては、いつケアレスミスで大岩に当たってしまうかわからない。

そうこうしているうちにも蝙蝠はクッション弾幕を掻《か》い潜《くぐ》って天守閣に到達しそうだった。

このままでは正義が悪に屈してしまう。

「がんばえー！」

「オオカミさんがんばえー！」

ほら、子どもの観客たちまでシルバーウルフさんを応援している！

今こそ頑張る時だ！

「状況は理解したのだー」

「おおう、ビックリした!?」

気づけばすぐ後ろにヴィールがいた!?

どうしたのいきなり!?

「過去の体験でおれは、エンターテイメントの何たるかを学んだのだ。こういう時、負けてる方が逆転して勝つと盛り上がるんだろう？」

「まあ、そうだが……!?」

「だったら、このおれがエンターテイナーとして花を添えてやるのだ。すべてはお客さんを喜ばせるためにー！」

そう言ってヴィールが懐から取り出したのは、なんと……!?

「ラーメン!?」

懐からラーメンが!?

「今回の露店販売用に試作してみたラーメンの一つなのだ。プラティのヤツに協力して健康面に拘《こだわ》ってみた」

「二人して何やってるの!?」

そういや一時期からラーメンに凝りだしたヴィールは、次々新作ラーメンを開発していたなあ。

今年のオークボ城でも露店を開き、ラーメンをたくさん振舞っている模様。

で、その新作ラーメンとは？

「使用したドラゴンエキスを普段の五倍に濃縮し、副作用を抑えるためにプラティがクスリをあれこれ投入した薬膳ラーメンなのだ！　でも結局副作用が出たので販売中止になった！」

「失敗作だ!!」

「それどころかプラティの入れたクスリがいい感じに効力を発揮し、頭が冴《さ》えて体力回復。動悸《どうき》、息切れ、気つけにと様々な効能があるラーメンができたのだ。これを……！」

ヴィール、振りかぶって……投げた!?

ラーメンをどんぶりごと!?

アンダースローのフォームなのでどんぶりはフリスビーのように猛回転。

中のラーメンをこぼすことなく飛んでいく!?

そして飛翔《ひしょう》するラーメンが辿《たど》りついた先は……。

シルバーウルフさんだった!?

「ごぶうぅッ!?」

どんぶりがシルバーウルフさんの口部へと命中、無理やり口をこじ開け、中身のラーメンを喉奥まで流し込む。

「どういう慣性でああなったの!?」

なんか魔法でも使っている!?

絶対そうだよね!?

「うぐッ!?……ぐおおおおおおおおおおおおッッ!?」

スープまで一滴残らず流し込まれたシルバーウルフさんに驚くべき変化が!?

なんかいきなり凄《すさ》まじい雄叫《おたけ》びを!?

「覿面《てきめん》にドラゴンエキスが効いてきたな。ラーメンの隠し味として欠かせない一匙《ひとさじ》なのだ」

「とても隠されてませんけど!?」

シルバーウルフさん、なんかヤバい薬を打たれて人みたいに苦しみながら筋肉モリモリになっていく!?

いやそれ比喩でもなんでもない?

「薄味ゴンこつラーメン五倍濃度は常人に耐えられない強化をもたらすのだ。プラティのクスリでも中和しきれないからお蔵入りになったんだが、アイツはエスキューってヤツなんだろ？　凄《すご》いヤツなら耐えられるかもしれないのだー？」

「それでも限度があるだろう!?」

ああ……!?

人が摂取してはならない禁断のエキスを取り入れて……!?

シルバーウルフさんの体がどんどん変容していく……!?

彼が元々有していた狼《おおかみ》の獣性が極限まで大きくなり……、見た目の気配もまるで本物の狼のように!?

いやあれはもはや普通の狼すら遥《はる》かに逸脱した姿！

フェンリル!?

フェンリルってヤツじゃないんですかねアレ!?

いや俺も詳しくは知らんけど!?

「五倍濃縮薬膳ラーメンの力で、無理やり『獣性解放』したのだなー。それだけじゃなくドラゴンエキスの効能で竜性まで獲得したのだ。今のアイツは竜であり狼。二つのカルマを併せ持った竜狼というべき存在だ！」

「竜と狼!?」

なんかヤバいことになってません!?

とにかく、よくわからんがシルバーウルフさんも『獣性解放』して、蝙蝠野郎に並んだ！

いや、竜の力も併せ持って明らかにそれ以上の存在となった!!

フェンリルなシルバーウルフさんは、遠吠《とおぼ》え一つ上げたと思うとすぐさま四本足で駆け出す。

第二関門の転がる岩、その数々を稲妻のような軌道ですべて回避したのは一瞬足らずのことだった。

「速いッ!?」

本当に稲妻のような移動速度じゃないか！

あっという間に第二関門を突破すると、第三関門はもっと早くクリアした。

叩《たた》けば増えるホムンクルスを無視し、脇を掻い潜って通過。

フェンリルシルバーウルフさんは、身も心も獣性に染まっているかのように見えてそうではない。

ちゃんとこの競技のルールを覚えていて、それに則《のっと》って攻略しようとしている。

そんな紳士的な振る舞いがいかにも、普段からのシルバーウルフさんだ！

『え？　え？　えええええええッ!?』

一方の蝙蝠は、地上での快進撃に目を剝《む》きながらも、まだ天守閣に着けないでいた。

一応天守閣にたどり着きさえすればゴールなので、ルール上では空から飛来しても勝ちになってしまうんだが、我ら農場の優秀なゴブリンたちが次々カタパルトからクッションを飛ばして蝙蝠を寄せ付けない。

ちなみにゴブリンたちが全力を出したら蝙蝠なんてあっという間に寸刻みになるんだが、それも競技としてルールを尊重している証《あかし》だった。

そうこうしている間に全関門をクリアした巨狼《きょろう》、天守閣へと到達。

『あああああ……!?』

「ゴールを確認！　勝者はシルバーウルフさんです！」

沸き起こる歓声。

天守閣で待ち受けていたオークボの宣言で、シルバーウルフさんの逆転勝利が決定した。

ドーピングという概念をぶっちぎった何かによる逆転勝利。

でも気にしない。

観客たちは完全にシルバーウルフさんの味方をしているし、そうであれば多少無茶しても許されるのさ。

それが悪玉と善玉の差なのさ。

「そんな……オレが負けるとは……!?」

「ゴールデンバット。お前が『獣性解放』にまで辿りついていたとは。その研鑽《けんさん》は驚愕《きょうがく》に値するが、しかし私には勝てなかった」

勝負終わって、速やかに人間形態に戻る二人。

蝙蝠はともかく、シルバーウルフさんが無事戻ってくれたのは本当によかった!

「私は自分一人の鍛錬では『獣性解放』できなかったが、多くの人の応援と助力によって絶域に踏み込むことができた。やはり人間にとってもっとも大切なのは皆で助け合うことなのだ。それを学ばぬ限り、さらなる上へはいけないものと知れ」

いや、シルバーウルフさんが最後になっちゃったのは獣を超えた何かだったけど……!

……まあ、終わりよければすべていいか。

風雲オークボ城セレモニー、S級冒険者ライバル同士による宿命エキシビションマッチは、我らがシルバーウルフさんの勝利という誰もが納得の結果に終わった。

さて、こうしてオークボ城エキシビション。

ゴールデンバットvsシルバーウルフさんの競争は、シルバーウルフさんの大逆転勝利で幕を閉じた。

「シルバーウルフ！　シルバーウルフ！　シルバーウルフ！　シルバーウルフ！　シルバーウルフッ!!」

観衆も勝者へ惜しみないコールを送って、勝利を祝福する。

それも勝ったのがシルバーウルフさんだったからだ。

人徳ある者が栄冠を手にしてこそ誰もが祝福してくれる。これがゴールデンバットだったら舌打ちが漏れたことだろう。

そう、大事なことは成果だけじゃないのだ。

皆の心を一つに合わせる和も大事！

そのことを忘れてしまったことが蝙蝠《こうもり》野郎の敗因だったのだ！

忘れるどころか最初から知らなかっただけかもだけど！

「いやー、いやいや、名勝負だったにゃーん」

そして現れるもう一人のＳ級冒険者ブラックキャット。

猫の獣人のお姉さん。

結局彼女は何をしたかったんだろう？

「期待通りだったにゃ。シルバーウルフちゃんならきっとあの我がまま蝙蝠野郎をギッタンに叩《たた》きのめしてくれると思ってたにゃーん」

「え？　お前は私のこと応援してたの？」

意外そうな声を上げるシルバーウルフさん。

それもそうか。

あの猫娘、どっちかを応援する理由も見当たらないしな。

………。

それはそうと、俺もS級冒険者の問題児どもと触れ合いが進んで大分対応がぞんざいになってきたな。

反してシルバーウルフさんへの尊敬の念が膨れ上がる。

「お前はてっきりただの賑《にぎ》やかしで変な対戦を思いついたとばかり思ったが……。ああ、そうか。単にゴールデンバットが嫌いだから私を応援したと？」

「それもあるけど、純粋にシルバーウルフちゃんに勝ってほしかったにゃーん。この勝負には実は重要なことが懸かってたにゃーん」

「重要なこと？」

黒い猫、オークボ城の観客がいまだ注目している中で高らかに言う。

「この勝負に勝った者を次のギルドマスターに任命するにゃーん」

「どえええええええッッ!?」

それに驚くシルバーウルフさん。

なんで!?

「聞いてないが!? そんなこと私は一言も聞かなかったが!?」

「勝ったら教えるつもりだったにゃーん」

「そういうのは勝負の前に通達するものじゃないのか!? 事後承諾なんてレベルじゃないぞ!!」

シルバーウルフさんの仰《おつしや》る通り。

ギルドマスターってのはアレだろうか? 冒険者ギルドで一番偉い人のこと?

そんな役職の後継者に任命されるなんて凄《すご》いじゃないかシルバーウルフさん。

「まあ、もしゴールデンバットのアホが勝った場合は何も言わずに流すつもりだったから、実質的にはシルバーウルフちゃんが次期ギルドマスターになるための試験みたいなものだったにゃ。見事打ち勝ったにゃ立派にゃーん」

「私にそんな意識はこれっぽっちもなかったんだが!?」

「実際ギルドきってのの厄介者を押さえつける胆力なり実力なりは組織のトップとしてほしいところにゃーん。キミは今日それを示したにゃ。厄介者を打ち破ったにゃ」

その厄介者って、あの蝙蝠野郎のことか。

誰から見ても畏敬の念がないな。

「実力を示したキミは、充分にギルドマスターとなる資格を得たにゃ。これからの冒険者ギルドを引っ張っていけるのはキミだけにゃーん」

「いきなりそんなこと言われても！　嫌だなりたくない！　ギルドマスターになったら責任がさらに倍増する!!」

可哀想《かわいそう》なシルバーウルフさん。

今ですらS級冒険者としての責任を率先して背負っているというのに。

「そんなシルバーウルフちゃんだからこそ任せられるにゃーん。一番荷物を持ってくれる人がさらに持ってくれるものにゃん」

なんと言う残忍な法則。

「というわけでギルドマスターになるにゃん。シルバーウルフちゃんこれは運命にゃ」

「そんな運命はねえよ！　私にはわかっているんだよ！　これから世の中がガンガン変わっていって冒険者ギルドもその対応を求められる！　そんな改革期のトップなんて面倒に決まっている！」

「だから今のマスターも早めに引退したいのにゃん。あとを託せるのはシルバーウルフちゃんだけにゃーん。運命は心の中に宿るにゃん？　そしてキミの心は進んで苦労を引き受けようとするにゃん」

「ウソだあああああッ!?」

しかし肝心の現ギルドマスターがいないのに、よくここまで話を進められるものだ。

というかまだ一度も顔を合わせたことがない。

「いつもそうだよ、あのオッサンは！　S級冒険者会合の時も、魔族との競争の時も、全部私に丸投げして姿も見せねえ！　だから私が全部取り仕切る羽目になるんじゃないか!!」

「ならもういっそシルバーウルフちゃんが名実ともにトップになっちゃえって話にゃーん」

「だからそれが嫌だあああああっ!?」

全力で運命から逃げようとするシルバーウルフさん。

「大丈夫です！　シルバーウルフ殿ならきっと務まりますよ！」

「わらわたちも応援しておるぞ！」

と、唐突に出てきた二人は魔族のマモルさんに人魚ゾス・サイラさん。

シルバーウルフさんも含めて『クローニンズ』と並び称された三人だ。

「マモル殿にゾス・サイラ殿!?　何故《なぜ》ここに!?」

「私もイベントに参加しに来ました。魔王様も参加されるということですので」

「わらわは開催者側じゃ」

変なところで縁のある三人。

「なりましょうよギルドマスター。こちらとしてもアナタに責任が集中した方が話が通りやすくて助かりますよー」

「わらわだって宰相やってるんじゃから、死なば諸共《もろとも》じゃよー」

まとわりついてくる同志。

苦労人たちは仲間を求めるが、だからこそ一緒により深みに落ちていこうとする。

這《は》い上がろうとすれば足を引っ張り、別に這い上がらなくても足を引っ張る！

「シルバーウルフさん！　ギルドマスターになってー!!」

「アナタがトップなら安心だ！」

「弱い冒険者たちを守ってー！」

観客席からもよき指導者を望む声が沸き上がり、当人を包み込む。

これはもう逃げられない雰囲気。

「わ……」

「わ？」

「わかったよ！　やればいいんだろうやれば!!」

「わーい！　やったにゃ――んッ!!」

こうして冒険者ギルドに新時代の担い手が誕生したのである。

新ギルドマスター・シルバーウルフ。

S級冒険者と兼任。

「辞めないの冒険者!?」

「まだまだ探究欲は尽きないからな。しばらくは半現役でやっていくつもりだ」

「純粋に負担が増える!?」

やっぱこの人率先して苦労しに行ってるんではないだろうか!?

「よかったにゃーん。これですべて思惑通りにゃ」

「なんだよお前の目論見《もくろみ》って？」

そういえば、この猫娘はどういう目的でここまで立ち回ってきたんだ？

シルバーウルフさんのギルドマスター就任試験であるかのような競争を仕組んだのもコイツ。

最上級とはいえ一介の冒険者が、何の因果でこんな仕掛けを？

「だって私、現ギルドマスターの娘にゃん」

「ふーん、えッ？」

「ギルドマスターの娘にゃん」

「えええええええええええええええッッ!?」

一番驚いていたのがシルバーウルフさんだった。

何で驚いてるの？

「だって知らなかったんだもの!?　お前がギルドマスターの娘!?　そんなこと一度も聞いたことがなかったが!?」

「言わなかったからにゃーん。冒険者同士、経歴を探らないのはマナーだし。私もお姫様扱いされるのが嫌だから黙ってたにゃーん！」

「キミの父親……今のギルドマスターは普通の人族だったような？」

「母親似にゃーん」

衝撃の事実発覚。

だが現トップの親族ならば後継者選びに奔走するのもあり得る話。

今までの出来事が一本の線で繋《つな》がった？

「というわけでギルドマスターになるからには私を嫁に貰《もら》ってもらうにゃーん」

「なんで!?」

「こう見えてギルド上層部は親族経営にゃーん。親からも『ギルドマスターに相応《ふさわ》しい婿を捕まえてこい』『さもなくばお前がギルドマスターになれ』と煩《うるさ》かったにゃーん。シルバーウルフちゃんが生贄《いけにえ》になってくれて助かったにゃーん」

「今生贄って言った!?」

「心配するにゃーん！　こう見えても結婚したら尽くすタイプにゃーん！　しっかり夫を支えてやるにゃーん！」

「そう言いつつ厄介事を全部押し付けてくるつもりだろうがあああああッ!?　いやああああああッツ!?」

　ここにまた一つ、一人の女によって人生丸ごと絡めとられていく男の姿を目撃してしまった。目撃者として俺が何より思ったことは、狼《おおかみ》の夫と猫の妻の間には、一体どんな子どもが生まれてくるのだろうということだった。

「おめでとう！」

「新ギルドマスター夫妻、結婚おめでとう！」

「夫婦双方がS級冒険者なんて！　現場を知ってる人たちがトップを仕切ればきっと安心だぜ！」

「魔族とも仲がいいようだしきっといいマスターになってくださるわ！」

オークボ城の観客たちも、思わぬ慶事の目撃者となって祝福の拍手を惜しまなかった。

最後に一人。

今戦の敗者となったヤツ、S級冒険者のゴールデンバットが……。

「もしオレが勝ったら、オレがギルドマスターやらされていたのか。危なかったな……」

いや、それはない。

身の程を知ってください。

＊　＊　＊

と、いきなり波乱のスタートを切ったが今年のオークボ城は始まったばかり。

これから怒濤《どとう》の本戦を見ていこうと思う。

オークボ城の楽しさは、まだまだこれからだ！

さあ、オークボ城の本格開催だ！

多くの参加者たちが天守閣を目指し、橋を渡り、坂を上り、城内へと侵入する！

それを応援する観戦者たち！　シルバーウルフさんたちのデモンストレーションで大盛り上がりになっているから歓声も張りが違うぜ！

そんな観客たちに振舞われる露店の料理！

既にお馴染《なじ》みとなったヴィールのラーメン屋やレタスレート&ホルコスフォンの豆屋（納豆もこちらで販売しております）。

さらに今年はバッカスのおでん屋も出張して好評を博しております。

あらかじめ『こっちで酒を振舞うのは禁止だぞ』と通達しておいたがね。

さらに目新しい露店といえば……タコ焼きを振舞っているお店があった。

なんとプラティが運営していた。

「何やってるのプラティ!?」

キミ二人目がお腹《なか》の中にいるんだから、あんまり派手に動いてほしくないんだけど？

ジュニアまで背中におんぶして。熱いタコ焼き器を目の前にして怖い!?

「ヴィールのヤツがラーメンで人気をとっているから、いずれ何かで対抗してやりたいと思ってい

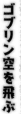

にんぎょ

たのよ！」

「謎の対抗心!?」

「幸いクラーケンのクラちゃんがたくさんタコ足を分けてくれたから、それでジャンジャンタコ焼きを作るのよー！　いらはいいらはい！　美人人妻が作った美味《おい》しいタコ焼きよー!!」

とりあえずジュニアが退屈そうにしていたので俺の方で預かっておいた。

こんな風に露店サイドも大賑《おおにぎ》わい。

肝心のオークボ城本戦の参加者も去年より増えて歴代最高を記録した。

好評で大変よろしいことだ。

あえて問題があるとしたら、参加者が多すぎて捌《さば》ききれなくなっていること。

『これまともに回してたら全員挑戦するまでに日が暮れる！』というレベルで、それこそまともにやってたら全部のお客さんにアトラクションを楽しんでもらえなくなる。

折角遠くから来てくれたのに、それじゃ申し訳ないということでいろいろ工夫してみた。

実行した案としては、今回攻略コースを複数に分ける。

城攻めにも様々な方面から進んでいけるように、オークボ城にも数種類の侵入コースを用意して、参加者たちに選んでもらえるようにした。

さすれば分散し、多くのお客さんに短い時間で楽しんでもらうことができる。

遠くから来ているお客さんもいることだし、複数日開催にしても泊まるところがなければ不便だろう。

ということで複数日開催は来年以降の課題として……。

今年は一日以内で楽しんでもらえるように新規格の開催だ。

名付けて『空から攻略オークボ城・空中攻略コース』！

開発自体は昨年にされたもので、大きなカタパルトで人間丸ごと射出。装着していたパラシュートで落下を軽減して空中遊泳を楽しむという仕掛けだ。

昨年は、その仕組みを利用して反乱制圧にも活用された。

あれから一年かけて改良を重ね、安全性を徹底検証した上でついにオークボ城アトラクションとして正式採用を迎えた。

まずは人間射出用の大型カタパルトを用意し、それでもってアトラクション参加者とインストラクターを一緒に打ち上げる。

充分な高度まで上昇したらグライダーを展開して風を受け、飛ぶ。

そして天守閣に設けられた着陸エリアへ上手《うま》く着地できたらクリアという仕組みだ。

改良点としてはグライダーを開発したことで割と自由に飛べるようになったこと。

昨年も余興として人間射出体験会みたいなのがあったが、あれはただ単に飛ばして落ちるだけのシロモノだった。

それが今回グライダーを採用したことで、空中でできることが格段に幅広がりゲーム性も増した。

グライダーが風を摑《つか》むことで右へ旋回、左へ旋回、高度を変えることも可能でユーザーの思う通りにできる。

もちろん安全面にも充分考慮し、グライダー飛行時には必ずインストラクターが同乗することになっている。

やはり飛ぶのは素人だからな。

急な横風だったり、高いところが怖くなって操縦を誤ったり、……ということになればすぐさまインストラクターが操縦を代わって安定させる仕組み。

インストラクターを務めるのはゴブリンたち。

小柄で体重の軽い彼らならば同乗しても、そう深刻なウェイトにもなるまい、ということだが、そもそもこの空中遊泳企画自体ゴブリンたちの発案、進行のプロジェクト。

この一年、研究に研究を重ね、安全性を徹底追求し、試行錯誤の末に今の形を完成させたのはゴブリンたちの手柄だ。

いわば今回のアトラクションは、彼らの努力が実った発表の場。

一層気合も入ろうというものだ。

ゴブリンたちの入魂企画は、無論安全性を極めているだけでなくゲーム性も優れている。

基本の流れはカタパルトから射出され、そのまま天守閣まで飛んでいくことだが、その間にいくつものチェックポイントが存在し、そこを通過していくことで加点される方式。

具体的には空中に気球を浮かべ、その下に垂らされた目印に触れると得点というルールだ。

目印へきちんと接触したかどうかの判断は、同乗するゴブリンが行う。

得点計算もゴブリンが行っており、安全対策だけでなく審判や得点係も兼ねているということ。

万が一墜落ということになってもウチのゴブリンならお客さんを助けつつ無傷で脱出ということも容易《たやす》い。

万全の布陣だった。

そして一定数の得点を稼ぎつつ、無事天守閣の所定地点へ着陸できた人に賞品を贈呈。

あくまで本戦の混雑を緩和するためのサブ企画として実施されたが、想像以上に参加希望者が押し寄せててんてこ舞いであった。

仕舞いにはゴブリンだけで手が足りなくなり、留学生の比較的手慣れた者がヘルプに入って何とか回るようになった。

やはり人にとって『空を自由に飛びたいな』ということは大きな夢の一つであるのだろう。

まだまだ単純な構造で飛行時間も短くもあるが、人の夢を叶《かな》えてくれるアトラクションに人々は殺到した。

操縦に馴《な》れず、ロクに得点もできないまま着陸しても『あー楽しかった!!』と喜んで帰られるお客さん続出であった。

幸い事故らしい事故も起きず、この時点で企画の大成功は決まった。

ただ一点、変わったことがあったとしたら……。

＊　＊　＊

オークボ城全体を見回っていた俺、何やら揉《も》めている場面に遭遇した。

揉めていると言ってもケンカとか言い争いとか、そういう剣呑《けんのん》とした雰囲気ではない。

何やら執拗《しつよう》に頼み込まれ、困っているという風であった。

困っているのはウチの農場ゴブリンたち。

お陰で彼らが運営している空中遊泳が滞っているじゃないか？

「何々？　どうかしたの？」

「あッ、我が君……!?」

俺も最高責任者として何があったのかと話に加わる。

押し問答していたのは、参加受付を担当するゴブリンと、四十半ば辺りの人族の男性だった。

中年男性は品のいい身なりで、どこぞの貴族か何かのように思える。

「こちらのお客様が、息子さんをグライダーに乗せてあげたいと……」

「？　乗せてあげればいいんじゃない？」

「それが問題がありまして……」

聞くところによると、その貴族の息子さんは先年足を怪我《けが》して、自分一人では歩けない状態。

かなりの大怪我だったそうで、全快しても元通りに歩けるようになるかわからぬ、と医者に宣告されたとのこと。

「それ以来気落ちした息子を何とか元気づけたいと思って連れてきたのです……！　空を飛ぶなど、今まで体験したこともないことができれば、きっと喜んでくれると思うのです。どうか、どうか……！」

と頼み込んでくる中年男性改め怪我した少年のお父さん。

うわ、これは気持ちがわかる。俺も父親として子を心配する心に同情、胸が痛い。

しかし同時にゴブリンたちの困る気持ちもわかる。

この企画、発案時から一貫してもっとも気遣ってきたのは安全性だ。

何しろ空を飛ぶのだから。

絶対落ちないように、万が一落ちたとしても怪我のないようにと安全を追求して今日の形に整えてきた。

そうして『絶対安全』との自負はできたが、それはあくまで参加者自身に健康的問題がないことを前提にしている。

参加前にヒアリングを行い健康面に不安がないかをチェック、飲酒でもしていようものなら徹底して参加をお断りする決まりになっている。

受付担当のゴブリンも、それを知っているから安易に許可することできず、かといって非情に拒否することもできずで困り果てているのだろう。

ならばここは全体責任者である俺の判断するところだな。

「ゴブ吉を呼んでくれ」

「我が君!?」

ゴブリンチームを統括する最強ゴブリンの彼なら、力も術もあるしきっと上手くやってくれるだろう。

「本当なら健康に不安のある方はお断りさせていただくルールですが、お子さんが元気になってくれることを願って内緒で飛ばさせていただきます。お父さんもどうかご内密に」

「おおッ！　ありがとうございますッ！」

ルールより情けが勝ってしまうダメな俺だった。

呼ばれてきたゴブ吉は、さすがの技で怪我した少年と同乗しながらグライダーで滑空。

得点を得るよりも純粋な空中遊泳を楽しんで、最後に大旋回までしながら無事地上へと帰ってきた。

塞ぎ込んでいた少年も、余程空を飛ぶことが楽しかったのか、着陸後はすっかり目を輝かせて気分も高まっていたようだった。

あれだけ元気を取り戻せば怪我の治りも早まりまた駆け回れるようになるだろう。

お父さんから何度も礼を言われて俺まで泣きそうになるのだった。

ファンタジー異世界であったとしても。

やはり大空は人に勇気を与えるものらしい。

EXコース

| Let's buy the land and cultivate in different world |

さて、肝心のオークボ城本戦にも目を向けていこう。

今回も強者たちが奮って難攻不落のオークボ城に挑戦だ。

参加者に特別な資格はなく、健康面で問題さえなければ誰でも参加可能。

その中で有名人な参加者もおり、お馴染み魔王さん……今年こそ全関門制覇を成しえるか!?……

を始めとして……。

今年初出場、魔王軍四天王からマモルさん。

エキシビションではサボっていたのでこちらに参加、また結婚おめでとうございますのS級冒険者ブラックキャット。

占領府の意地を懸けて、旧人間国の統治を務める魔王軍の大幹部マルバストスさんも初参加。

引退したから暇になってきた前人魚王ナーガスさんも参戦だ。

あと俺。

……と、これだけでも錚々たる面子であることは充分に伝わってきているものと思う。

しかし、今までのオークボ城を楽しんできた人たちは思うことだろう。

――『なんか物足りなくね?』と。

去年まではさらに錚々たる面子が参戦して競技を賑わせてくれたはず。

地元領主で、前年前々年と天守閣到達を成し遂げたダルキッシュさん。

当時は王子として、人魚族代表で一発クリアを成し遂げた現人魚王アロワナさん。

その他、人間国の各領主や魔王軍の重鎮たちも前年まで大挙して参加していたはずだというのに、それら歴戦の顔触れは今回はまったく姿が見えない。

どうして？

彼らはもう参加しないの？

と観客たちは寂しげに競技を見守っていたが……。

……フッフッフ心配することなかれ。

ちゃんと考えはまとまっている。

真の勝負は一般参加者の競技が終了したあとに始まるのだ!!

オークボ城も今年で三回目。

初回から参加している人たちは、もう各競技に馴《な》れてきた頃だ。

どんな厳しい難関でも事前に予測できていれば対応しやすい。前もって対策を練ることもできるだろうし、そうなると連続参加者と初参加者との間で有利不利の格差ができてしまう。

オークボ城は皆で平等に楽しめるイベントにしたい。

では参加経験で格差ができないようにするにはどうしたらいいか？

どんな方法で歴代参加者……特に全関門制覇を成し遂げた上級者と、それ以外のビギナーに差が出ないようにすべきか？

俺たちの出した結論はこれだ！

「ＥＸコース！　上級者向け難易度ＭＡＸオークボ城!!」

手加減なし！

全力で侵入者を迎え撃ち、排除するオークボ城だ!!

仕掛けられた罠《わな》は、通常とは比較にならないキルマインドに溢《あふ》れている。

まさに上級者向けの競技なのだ！

「このコースの関門は、手心をまったく加えずに全力の悪意でもって拵《こしら》えられた！　ハッキリ言おう！　我々は一人としてクリアさせるつもりはない!!」

「「「「おおおおおおおッッ!?」」」」

俺のマイクパフォーマンスに大喜びで返される歓声。

観客たちも訓練が身に付き始めているな……!?

「そして皆さんが気になっていた過去競技の上位成績者たちは、この上級コースに参加することとなっている！　見るがいい！　この錚々たる面子を!!」

地元領主ダルキッシュさんやアロワナさんなど、かつてオークボ城天守閣に到達した猛者たちが続々入場。

上級コースの参加資格は、基本的に去年までの大会でクリア経験のある方たち。

何回も参加して賞品を荒稼ぎされないためにも、以後クリア経験者は上級コースだけに参加できるとして通常コースへの挑戦を遠慮してもらうことになった。

その代わり、この上級コースを制覇したら更なる貴重な賞品を進呈する予定ですから、皆さん是非とも奮闘してください!!

「では競技スタートの前に、このEXコースを主導した人からの御挨拶をいただきましょう」

俺の紹介を受けて、会場に現れるのは……。

……オークボ……と。

もう一人、連れ添うように現れる妖艶の女性。

「わらわこそ城主夫人のゾス・サイラであるぞ」

人魚族のゾス・サイラさんであった。

薬を飲んで人間の姿になり、かつ着飾ってなるほど戦国時代の奥様みたいな風情がある。

……あの煌《きら》びやかな和服、バティに作らせたのかな？

「役です。あくまでそういう役です」

寄り添うオークボが冷や汗交じりに言う。

城主夫人（役）ゾス・サイラさんと連れ立つ城主（役）オークボ。

「我が夫の城を攻め落とそうなど思い上がった考えじゃ。……という体で、人魚界最高の頭脳を持ったわらわが全力で強化したEXオークボ城、落とせるものなら落としてみるがいい」

これまでもアトラクションの一部を管理運営していたゾス・サイラさんが、全体の監修を行って作り上げた。

いわば緊急イベント。

ＥＸ覇級・深淵《しんえん》の呼び声。

っていう感じだ。

「わらわとオークボは天守閣で待っているゆえ、奮って登ってくるがいい。どうせ誰も辿《たど》りつけぬことであろうがな！」

と悪役臭いセリフを吐きながら退場。

ゴール地点である天守閣へスタンバイされるのだろう。

オークボも、そのあとを追う。

「オークボさえあてがっておけば、大体機嫌いいからねー、あの女」

「うん……！」

いつの間にか俺の隣にいるプラティと並んでため息をつくのだった。

＊　＊　＊

ってなわけで開催しちゃうよー。

経験者限定、オークボ城リミッター解放激ムズ鬼畜ナイトメア仕様。

実況、俺にてお送りさせていただきます。

「どんな難関が用意されていても、領主として退《ひ》くわけにはいかぬ！」

決意たからかに進んでいくダルキッシュさん。

それに続く各地の猛者たち。

「まずは……、やはりこれか？」

猛者たちの行く手を遮る最初の障害は、地面を大きく隔てる空堀と、そこに渡された細い橋。

いや、あの細さはもはや橋とは呼び難い。

平均台だ。

これぞオークボ城を代表する第一関門、その名を『イライラ平均台』！

あの細い平均台をバランスを取りながら進み、堀を渡っていく競技だ。

「よし！　必ずや今年も全関門クリアし、息子のプレゼントをゲットするのだー！」

俺同様、昨年初子を授かったばかりのダルキッシュさん、果敢に駆け出す。

子を想《おも》う心に感服するが、そんな優しいお父さんにもＥＸコースは容赦なく襲い掛かる！

「うわあああああああッ!?」

「ッ!?　ダルキッシュ殿が落ちた!?　何故《なぜ》落ちた!?」

二年連続、全関門制覇したダルキッシュさんが真っ先に脱落。

この思いもしない展開に観客席からも動揺が上がる。

「よく見ろ！　平均台が……ない!?」

「あると思った平均台が、ない!?」

「ダルキッシュ殿もこれに気づけず真っ逆さまということか!?」

思い込みとは怖いもの。

あると信じて疑わなかった平均台。先を急ぐことばかりを気にして足元を疎《おろそ》かにしたために最速脱落してしまったダルキッシュさんであった。

「ホホホホホ……、早速一人脱落かえ？」

ゾス・サイラさんは楽しそう。

彼女のあんな悪そうな笑み久々に見た。

最近はあくせくしていることが多かったからな。

「最初に説明したであろう、こたびは上級者向けの調整コースじゃぞ。もちろん今までにない独自の仕掛けが満載じゃ。いつもと同じだなどと勝手に思う、そちらの落ち度よ」

「ぐぬぬぬぬぬぬぬ……!?」

思いきり正論を言われて反論できない参加者たち。

ぐぬぬ、と唸《うな》るしかない。

「見ての通り、上級者コースには橋がない。それは困ったのう。どうやって向こう岸へ渡ればいいんじゃ？」

「その通りだ！　まさか飛び越えて行けと言うんじゃないだろうな!?　それはあまりに上級者コース過ぎるだろ？」

「ホホホ、陸人《おかびと》に翼がないことはわらわも存じておるわい。安心せよ、平均台の代わりにこういう仕掛けを用意した」

ゾス・サイラさんがパチンと指を鳴らすと、空堀の上にあるものが現れた。

それはブロックだ。

人一人なんとか上に乗れる程度のブロックが複数、空中に浮いている。

「なんだあれはー!?」

「空中浮遊するブロックがいくつも、向こう岸まで続いている!?……そうか、これは!?」

あのブロック一つ一つに飛び移りながら向こう岸に渡れということだった。

なんかのアクションゲームみたいだな？

「ははは、そういうことなら簡単だ！　あの程度ヒョイヒョイ飛び移って即クリアしてくれよう」

「あッ、まだ説明の途中じゃぞ？」

参加者の一人が早速跳躍し、こちらの岸から一番手前にあるブロックに飛び乗ろうとする。

しかしその寸前ブロックは横にずれ、足場を失った参加者は空堀の底へと落ちていった。

「ぎゃあああああああッ!?」

ちなみに底へ落ちても魔法的な処理が施されているので無事です。

失格するだけです。

「慌てん坊は損するぞえ。このブロックはな、わらわの魔法で浮遊しているが、それだけでなく一ケ所に留《とど》まらず動き回るんじゃ」

「えええええッ!?」

「規則的に、精々上下か左右に往復するだけなんで安心せよ。落ち着いて動きを見れば捉えられるはずじゃ」

益々《ますます》アクションゲームみたくなってきた。

「よし、ブロックの動きを見ながら慎重に進んでいくぞ！」

「スタートする前に二人も消えてしまった……！」

さすが上級者向けコース。通常とはまったく趣が違うぜ。

しかし相手もまた経験豊富な上級者なので、趣旨さえ飲み込めば安定してブロックを飛び移っていく。

あっという間に中間まで到達した。

「ようし、残りあと半分！　慣れてしまえば簡単なものよ！」

「あッ、一応言っておくが後半からブロックの挙動が変わってのう」

ゾス・サイラさんの説明が終わる前に踏み出す、一番先頭の参加者。

「ブロックが消えたり現れたりするんじゃ」

「ぎゃあああああッ!?」

踏もうとしたブロックが、その寸前に消えた。足場もなく真っ逆さまに落ちていく。

「うおおおッ!?　よりシビアで鬼畜な仕様に!?」

「ちょっと待って!?　次のブロックが現れる瞬間と、その前のブロックが消える瞬間がほぼ同時だぞ!?」

「これタイミング予想しながら飛び移らないとダメじゃないか！　シビアすぎる！」

今度は鬼難度な昔のアクションゲームみたいになってきた。

それでも多大な脱落者を出しつつ、何とか堀を渡り切った人々。

「疲れた……！」

「キツい。ただの平均台より百倍キツい……！」

トリッキーな動きをするブロックを追うのは、想像以上に神経をすり減らす。

そして次の関門、大岩が転がってくる坂のアトラクションだが……。

「これもわらわが手を加えてな。こちらの操作で坂の勾配を変えられるようにしたのじゃ」

「え!? どういうこと!?」

やはり随行して各アトラクションの解説をするゾス・サイラさん。

その間もずっとオークボと腕を組んでいる。

「とりあえず今の坂角度は五度ほどじゃ。これを十度に変える」

「ぎゃあああああッ!?」

地面が動き、坂が急斜面になっていく。

これどういう魔法を使ったらこんな効果になるの!? と戸惑うところだが、ゾス・サイラさんって思った以上に有能な魔女なのだ。

「次は十度から二十度にするのじゃ」

「ぐおおおおッ!?」

「一気に九十度じゃ」

「ぎえええええええええッッ!?」

「さらに百八十度じゃ」

「あんぎゃあああああああああッッ!?」

ちょっと説明できないぐらいに天変地異になって混乱する参加者たち。

もはや転がった岩がどうこう言う次元の話じゃない。

「「「「ぐわああああああああああッ!?」」」」

誰も彼も岩と一緒に転げ落ちていったので、これにて全滅。

上級コースは誰もクリアできないまま終了となりましたとさ。

＊　＊　＊

……さて、お気づきの方もおられようが。

この上級コース、監修たるゾス・サイラさんの主張が強く出すぎている。

お陰で誰もクリアできない鬼難度になってしまったが、実はそれが狙いだった。

彼女のストレスが度を越えてきていたからな。

逃走犯から宰相に格上げ（?）されて、様々な方面から手腕を求められ、こないだの三種族対抗、新・龍帝城攻略競争でももっとも活躍していた。

そのお陰で多くの負担が彼女に集中していた。

ここらでガス抜きでもしておかないと、どこかで爆発しかねない。

そんな時都合よく開催を控えていたのがオークボ城。

彼女の好きなように暴れさせ、スッキリとストレス解消してもらうには絶好の機会であった。

終始オークボを付き添わせて接待漬けにし、全力の罠で無双。

そう、上級コースで楽しんでいたのは、やりごたえのある高難易度に挑戦する参加者たちではなく、実は仕掛ける側の方だったのだ！

高難易度とあらかじめ断っておくことで許されるやりたい放題！

それで全員ゲームオーバーになりながらも納得してもらい、ゾス・サイラさんもストレス解消で明日からの宰相の仕事に打ち込めればいいことずくめだ。

こんな感じで様々な問題を解決しつつ、今年のオークボ城も好評のうちに幕を閉じた。

来年もまたやりたいオークボ城。

ワシの名はサーベンホー。

人間国でもっともイカした職業、冒険者の一人だ。

しかもA級だ!!

A級は凄《すご》いぞ！　数万人という全冒険者の中でA級は百人と満たない。

勇気と知恵と経験、そして実力のすべてが揃《そろ》わなければギルドの昇格試験を受けることすら許されない。

そして実際に受けても合格できる者はごく僅か。

つまり選ばれし者ということだ！

そんなA級の上にはあらゆる超越者というべき五人のS級冒険者がいるのみ。

まあ、ヤツらは色んな意味で人間じゃないというか常識外れなので……。

……A級こそがまともな人間の到達しうる最高点というわけだ！

S級には及ばねど、A級にも上位冒険者として様々な支援、優遇措置がギルドによって保障されている。

ギルド直営のダンジョン管理街に行けば、最高の宿泊施設が割り当てられるし、最高級の料理や酒も食べ放題飲み放題。

ギルドの金でな！

何より行く先々での尊敬と歓迎が押し寄せてくるのが気持ちいい。

貴族やら大商人やら、偉いヤツらもワシがA級冒険者というだけで手揉《ても》みしながらすり寄ってくるし、女どもにはモテモテだ。

なんと言う役得！

A級冒険者最高！

と思っていたところ、取り巻きをしている連中がこんなことを言いだした。

「サーベンホー様ご存じですか？　難攻不落の城の話を？」

城？

そんなものがどうしたというんだ？

「地方の小領にある小城なのですが、計算し尽くされた地形に建てられた天然の要害で、かつ数多くの罠《わな》が仕掛けられ侵入は至難とのこと」

「城主はそのことが自慢らしく、年に一度だけ開放しては挑戦者を募集しているのだそうです。

『侵入できるものならしてみろ』と」

フン、くだらん話だ。

どこぞの物好き貴族が考えそうなことだな。

「そして見事侵入を果たした者には褒美の品が贈られるのだそうです。それはもう豪華な！」

「A級冒険者のサーベンホー様なら、どんな城だろうと入るも出るも自由自在でしょう！　いかがです？　ここはサーベンホー様みずから乗り込み、身の程知らずな田舎貴族の鼻を明かしてやるというのは⁉」

取り巻きどもが口々に囁《ささや》くが、どうせこの街の酒にも飽きて退屈していたところだ。

その田舎領主自慢の小城に入り込み、酒でも宝石でもいくらでも頂戴していこうではないか。

何しろワシはA級冒険者なのだからな！

恐るべきダンジョンに比べれば、人間の作った城などまさしくオモチャのようなものだ！

プロの中のプロの実力を見せてやろうではないか！

＊　＊　＊

……と、思って意気揚々と乗り込んだ。

目的の地はワルキア辺境領にあるというオークボ城なる名らしい。

自分から侵入者を迎え入れるなど、どんな物好き貴族が所有しているのかと思いきや……。

現地は、多くの人波でごった返していた。

「想像していたのとなんか違う……？」

まるでお祭り騒ぎ。

いやお祭りそのものだった。

周囲には出店が並び、ガキどもが愉快そうに駆け回っている。

ワシはこういう雰囲気が嫌いだ。

誰も彼もが浮かれて、ワシが特別であるということに気づきもしないからな。

「サーベンホー様！　ただ今、受付に行ってきたのですが……！」

「A級冒険者だと告げても取り合わず、他の参加者と同じ扱いだと……！」

ほらこういうことだ。

A級冒険者であるこのワシを一般人扱いとは。

取り巻きどもが告げる報《しら》せは、実に不快だった。

「まあいい、バカには実力で思い知らせてやるまでだ。自慢の城をあっという間に攻略しA級冒険者に素人の浅はか工夫など無意味だということを教えてやろう」

「サーベンホー様！」

「さすがA級冒険者！」

取り巻きどもを引き連れて、ワシみずから堂々乗り込もうとしたが。

『場内放送です。オークボ城へお越しの皆様へお知らせいたします』

何だこの声は？

会場中に聞こえるような大きな声なのに叫んでいる声色じゃない？

『今回のオークボ城は、本戦を始める前にささやかな催し事を行う予定です。皆さま存分にお楽しみください』

これはまさか、何かの力で人の声を拡張しているのか？

まさか魔法？

遠い地に住む魔族は、そうした能力を持っていると聞くが……。

「こんな田舎の貴族の計画した催しなど、きっとくだらないものに決まっていますよ！」

「そうです！　A級冒険者のサーベンホー様がお出ましになればすべて吹き飛びます！」

取り巻きどもがはやし立てるが……。

そうだな、一足早く顔を出し、話題をかっさらっていくのも悪くない！

『S級冒険者シルバーウルフ様とゴールデンバット様による競争。オークボ城攻略エキシビションマッチです』

ん!?

S？

今なんて言った？

S級冒険者といったか!?

そんなバカな！

こんな田舎にS級冒険者が来ているというのか!?

S級といえばA級よりさらに希少。世界に五人しかいないというのに、こんな田舎の祭りに現れるわけがないではないか!?

「いや、やっぱりいたああああ――――ッ!?」

エキシビションと言われた会場に並び立つのは、見覚えのある犬顔と蝙蝠《こうもり》顔!?

あの特徴ある顔つきは忘れない！

S級冒険者のほとんどは獣人族で占められているんだから！

「ど……、どうしてS級が……！」

アイツらが出てきたんじゃ、せっかくのワシのA級も霞《かす》んでしまうではないか!?

目障りな！

どうする!?

いや、ここはあえて出場するというのはどうだ？

好成績を上げて注目を受ければ、ワシの方がヤツらより優れているという評判が立つやも。

そうすればワシこそが新たなS級冒険者に!?

よし俄然《がぜん》燃えてきた！

早速参加の申請だ！

……何!?　上級コースがある!?

ならばそちらに参加させろA級冒険者であるワシなら当然だろう！

ケチケチ言うな、何が参加資格だ!?　一回クリアした経験がないと上級に参加できないとは！

ワシはA級冒険者だぞ、資格などそれで充分ではないか！

つべこべ言わずに上級コースに参加させろ！

＊　＊　＊

そして。

ワシは第一関門で脱落した……！

しかも上級ではなく一般コースで。

結局どんなにゴネても主張が通ることはなく一般コースで参加するしかなく、それでも颯爽《さっそう》とクリアして存在を見せつけてやろうとしたところ、全然望まない結果になってしまった!?

あの程度の細い橋の上を渡ろうとして足を踏み外すなんて……!?

どういうことだ!?

S級冒険者どもを前にして動揺してしまったか？　それとも昨日の酒が残っていたか？

「無様なものだなA級冒険者サーベンホー」

誰だワシを呼ぶのは!?

ヒィッ!?　S級冒険者シルバーウルフ!?　しかも次期ギルドマスターになると宣言された……!?

「長年のブランクが表面化したようだな。A級の特別扱いに浸りきって、各地の接待を受けるばかりでダンジョンに入ることなく、体が鈍《なま》りきっている。それではオークボ城の第一関門も突破できんわ」

「な、何故《なぜ》それを……!?」

「知らないと思ったか？　A級以上の冒険者には大きな便宜が図られるだけに責任も伴う。常に厳しい監視が付けられているのを気づかなかったか？」

獣のような鋭い眼光で睨《にら》みつけてくる。

いや実際コイツの顔は獣というか狼《おおかみ》なのだが……!?

「このオークボ城は、冒険者ギルドにとってもいい催しなのかもしれん。お前のような名ばかり上級冒険者の化けの皮を剝がすのに、あのアトラクションはちょうどいい」

「うごごごごご……!?」

「サーベンホー、お前をA級からC級へと格下げにする。そのまま引退するもよし、いまだ冒険者としての情熱が残っているなら改めて這《は》い上がってくるのだな」

「何を言う!?　いくらS級だからと言って他の冒険者の階級を上げ下げする権利があると……!?」

「今日の展開を見ていなかったのか？　私は次期ギルドマスターだぞ？」

そう言われた瞬間体が凍った。

たしかにそうだった。

「早速ギルドマスターのお仕事励んで頼もしいにゃーん！」

「初仕事が、こんな無能冒険者の首切りとはな……!?　しかし、既に元傭兵《ようへい》が大いに流入して冒険者ギルドの人員整理にはいい時期なのかもな」

「魔国への進出が本格的になったら魔族の冒険者も生まれるかもしれないにゃん！　混乱なく変革を迎えられるかはシルバーウルフちゃんにかかっているにゃーん！」

「プレッシャーをかけるな!!」

こうしてワシは特権をはく奪され、一般冒険者からコツコツやり直していくしかなくなった。

こんなことになるなら真面目にコツコツダンジョン探索しておけばよかった……!?

オークボ城のお祭り騒ぎも終わり、農場に戻ってきた俺たち。

そしたらなんか手持ち無沙汰になった。

元々冬って畑仕事ができないんで暇になるんだよなー。

暇になると何気ないどうでもいいことまで考えが回ってくる。

ずっと忘れていたことを唐突に思い出したりする。

それでちょっと昔のどうでもいいことが今さら気がかりになったので、これをいい機会にとたしかめてみることにした。

「先生、よろしくお願いします」

『うむ』

先生にお願いして、神を召喚してもらった。

『もっちゃらほげほげ』

召喚するたび先生の唱える呪文が変わるんだが、多分呪文自体はどうでもいいんだろうなあ。

そうして呼び出された神は……。

天空の神のうちの一神。知恵を司《つかさど》る神ヘルメス。

『おー、おー、何？　久しぶりー？』

たしかに随分久しぶりな神だった。

最後にコイツを召喚したのって……ほぼ一年ぶりくらいじゃないかな？

「お久しゅうございます。捧《ささ》げもののアジフライをどうぞ」

『え？　何？　出迎えが丁重すぎて逆に怖いんだけど？』

たしかに。

これまでヘルメス神の召喚って、出会い頭にホルコスフォンがマナカノンをぶっ放したりして、なかなかぞんざいな扱いだったからな。

持て成しされると逆に警戒するんだろう。

それはそれで悲しいことだ。

「いや別に、今日はこっちの用事で呼び出したんだから、来てくれたことに感謝して持て成すのは当然のことだよ」

『こないだもそっちの用事で呼び出されていきなり砲撃された気がするんだけど!?』

そうだっけ？

『まあいいや、聖者の作る料理は美味《おい》しいから食べていいと言われたら食べるけどね！……うまあああああッ!?　で、何の用事？』

リアクションの忙しい神だな。

じゃあまあ持て成しも済んだことだし用件を切り出すか。

「前に召喚された時言ってたじゃない。神の戦争がどうのって」

『せんそー？　そんなこと言いませんそー』

「いや言ったって!!」

天空に住まう神々は、天神ゼウスを長としている。そのゼウスがやらかして数千年の幽閉刑を受けているんだとか。

……いや数万年？　数億年？　未来永劫《みらいえいごう》？

その辺はどうでもいいか。

で主神不在の間にその役割を代行するのがゼウスの息子アポロン。

そのアポロン神が唐突に、他領域に住む冥神海神と協定を結んで仲よく世界を治めていくことになった。

それに反発したのが天界神の一部勢力。

ここに天界の勢力を二つに割った大戦争が勃発した！

「……っていう話を聞いたのが去年だった気がする」

『うむ、たしか冬が終わってすぐだった気がするんで、ほぼほぼ一年前かね？』

知恵の神、すっかりアジフライを平らげて、残った尻尾をチューチュー吸っている。

「一応世界全体を揺るがしかねない大ごとだし、どうなってるか結果だけでも知っておこうと思ってさ」

まあ、冬になって絶賛手隙になるまで忘れてたんだけどさ。

『あーあーあー、あれね』

「あれからもう一年も経《た》つし、もう終わったんでしょう？　それに戦力的にも圧倒的有利と言ってたから、勝って終わってくれてたらなおよい」

俺たちを含めた地上全体のためにも。

『いやあ、そんなのわかんないよ』

「え？」

『だってまだ始まってないし』

「えー？」

始まってない？　まだ？

だって戦争の話聞いたのほぼほぼ一年前だよ。

それだけ経ってまだ始まっていないなんて、今まで何してたの？

『我々の時間の感覚を一緒にしたらダメだよ。我ら神は不老不死だからねえ。無限の時間を手にしたら、一秒も一日も一年も十年も百年も大して変わりないものだよ』

「それは……、そうかもだが……!?」

そこは俺たち人間にとってみれば想像するしかない世界だ。

『だから神って大体のんべんだらだら過ごす存在で、ちょっと怠けてたら百年ぐらいあっという間に過ぎゆくものだよ。今回のケースも……』

・よっしゃー、戦争だー！

・戦争準備だー！

・方々に声かけ終わって第一段階は終了ってとこかな？
・よし、ここでちょっと休憩にしておくか。
『……となって気づいたら一年経ってたよ』

「おい」

神々全員腑《ふぬ》抜けではないか。

履歴書書くだけで一日を終えてしまうニートの就職活動すら足元にも及ばない。

『ホント神々の感覚ってそういうもの。人の子たちがせかせかしすぎなんだよ。たった五十年程度の寿命でそんなに急いでどこ行くのって』

いや人間五十年だから滅せぬもののあるべきか、なんですが？

ダメだ。神どもの感覚に合わせると、どうにも感覚がおかしくなってしまう。

人間の分際で神々の感覚を覚えてしまったら短い人生棒に振りかねないから、神との付き合い方を見直した方がよいかも。

「神々を呼び出すのはもうやめます」

『えッ？　なんで!?　やめるのやめてよ！　私以外の神々は協定を結んで召喚されない限り地上に来ちゃいけないんだよ。私のせいで召喚されなくなったと受け取られたらすっごい立場悪くなるんだけど!?』

冥神ハデスや海神ポセイドスもよく先生に召喚されてウチの農場に来ているからなあ。

お目当てはウチで作るごはん。

神が相手だろうと俺の作る食物が好評なのはよいことだ。

『まあまあ、聖者が心配することはないって。たしかにあれから一年経って何も状況は動いてないけど、それは見方を変えれば「状況を動かせない」ってことでもある』

「というと？」

『三界協定に反対する一派は……、まあ天神ゼウスの妃《きさき》ヘラ様をトップとする勢力なんだけど、まあ戦力的に弱小でね。正直言ってアポロンくんが率いる協定推進派に正面切って挑むには、とても足りないんだよ』

天界の現状は、天地海の神々が協力して世界を治めていこうという協定派と、それに反対する強硬派の真っ二つに分かれて対立している感じ。

協定派は、普通に平和がいいね、仲がいいのが一番だねという良識派。

太陽神アポロンを筆頭に、今目の前にいる知恵の神ヘルメス。戦争を司る神ベラスアレスなどが主メンバーとなっている。

『対する反対派は天母神ヘラ、勝ち戦の神アテナ、月神アルテミスがメインかな？　皆それぞれ戦う動機はバラバラだよ』

「そうなん？」

『ヘラ様の最終目的はゼウスのアホオヤジを幽閉から解放することにあるだろう。アテナはただ単にプライドが許さないから。アイツは常に戦いに勝利してトップに立たないと気が済まないから、融和するにしてもまず地上海中を攻め滅ぼして屈服させ、自分に従うようにしてからじゃないと嫌なのさ』

「面倒な神様だね……!?」

『邪神だよ』

きっぱり言う。

っていうか天の神様って大体邪神のような気がするんだけども、気のせいかな?

『最後に月神アルテミスは、兄神であるアポロンのすることに何でも反対する神だからね。アポロンが右と言えば彼女は左と言い、アポロンが「YES」と言えば彼女は「NO」と言う。今回も協定派の筆頭が兄なので、妹として敵陣営に回ったというだけのことさ』

「面倒くさすぎる!!」

『妹って皆ツンデレだよね』

それをツンデレと言っていいものかどうか。

世のすべての妹に謝る事案にはなるまいか?

『アルテミスはそういう性格だけど分別はあるから。最後にはこっちの味方に付いてくれるよ。だから実質的な敵対者はヘラ様とアテナの二神だけだね。彼女たちの一番の誤算は……』

ヘルメス得意げに語る。

知恵の神で神々の密偵だから、こういう戦術論が楽しいのか?

『……かつて地上に生まれ、今は天界へと迎えられた半神たちが軒並み私たちの味方に回ったことかな。英雄神として名高いヘラクレスや神の手アスクレピオスなど、半神半人でもガチ神に匹敵する存在はいくらでもいるからねえ。これでパワーバランスは大きく傾いたと言える』

「ほうほうー？」

適当に聞くことにした。

『これで地の神海の神まで参戦したら絶対に勝ち目がないから、おいそれ戦えないんだよ。戦えば絶対負けるから。それでウダウダしているうちに一年過ぎちゃったと』

ウダウダしていたのは、ただ神々の怠惰癖も関係したように思えますが……。

『理想としては、この絶望的戦力差に反対派が観念して、自分から敗北を宣言してくれることかな？　まあそれには時間がかかることだろうし人の子たちももう少し待ってよ。……そうだなあ、あと二百年くらい？』

「神々にとっての『少し』という単位は!?」

人間の捉え方とあまりに違いがありすぎる！

これはもうまともに考えても無駄だと悟って、やりたいようにさせればいいと思った。

神は神で勝手に争え。

人間も人間で勝手に平和に繁栄していくからさ。

「……アジフライ、お代わりいります？」

『いるいるー！　今度はホカホカのごはんも添えてね。って言うかアジフライ単体で食わせるって無茶くない!?』

「あっ、そうだ。ちなみにヘパイストスさんはどっちの陣営に与《くみ》してるんです？」

俺は最後に、俺にとってもっとも関わり深い神について質問してみた。

ヘパイストス神は、俺にギフトを与えてくれた神。そして彼も所属は天界であったはずだ。

せめて負ける側にいてほしくはないなあ。

『ヘパイストス兄さんは最初から中立だよ』

「へえぇ……!?」

『あの神がモノ作り以外に興味を示すわけがないでしょう？　戦争が起ころうと世界が滅ぼうと工房に引きこもって工作三昧だよ。聖者はヘパイストス兄さんに大恩があるから意外だろうけど、あの神も立派な天空の神だよ。モノ作り以外のすべてがどうでもいいんだよ』

天の女王の呟き

Let's buy the land and cultivate in different world

女は皆クズかゴミ。

だってわたくしの夫を誘惑するんですもの。

偉大なる天神ゼウスの妃ヘラですわ。

『いや、それは父上が勝手に口説きに行っているだけで。女たちもいい迷惑なだけでは……!?』

何よアルテミス?

ゼウス様と浮気相手の間に生まれた娘のくせに生意気な?

『ケンカはダメよ二人とも。私たちは今、一つの勝利に向かって一緒に進む同志。仲違いは勝利を遠ざける一因よ』

と偉そうに言うのは、これもゼウス様が浮気相手に生ませた娘の一人アテナ。戦争を司るとかいう、女神のくせに野蛮なヤツだわ。

きっと混じった浮気相手の血がゼウス様の品性を貶めているのね。

『なんか思いましたヘラ様?』

『この鬼嫁の考えていることなんて大体わかるわよ。夫の浮気相手全員死ねばいいと思ってる主神の妻と、その浮気相手から生まれた女神の同盟ってハナから無理があるんじゃない?』

ええい煩いわよ小娘ども。

愛するゼウス様が幽閉などという理不尽な目に遭わされてより数百年……。

『まだ十年と経《た》ってないけど……？』

これはゼウス様をお助けする絶好のチャンスなのよ！

地と海の神を屈服させ、ゼウス様の封印を解くことに同意させることこそ必要なのに、ソイツらと盟約を交わしてどうします！

アテナとアルテミス！

アナタたちだって仮にも大神ゼウス様の娘であるなら愛する父親を救うために全力を挙げなさい！

それこそ子の義務というものではなくて!?

『正論だけど、ここまで虚《むな》しく聞こえる正論はないわ』

『私は別に父上が解放されようがずっと封印されたままだろうが、死のうが消えようが地獄の苦しみを味わおうがどうでもいいんだけど？』

まあ、なんてことを言うのアテナちゃん！

愛すべきパパにそんな物言いをするなんて、育て方を間違えたかしら!?

『アンタに育てられた覚えはない。……私はね、協定なんて結ばれること自体に反対なの。私は戦争を司る神なのよ。それなのに平和を許容できるわけないじゃない!!』

『同じ戦神であるベラスアレスちゃんは協定派に行っちゃったけど？』

『アイツは負け犬だからどうでもいいのよ！　しかし私は勝ち戦を司る神！　平和とは、敵を蹂躙《じゅうりん》し滅ぼし尽くし、奴隷として従わせることで得られるものなのよ!!』

『性格最悪だコイツ』

『敗者を踏みつけながら過ごしてこその平和でしょう！　それをせずヘラヘラ手を取り合って平穏に過ごすことに何の意味があるの！』

『性格最悪だコイツ』

本当アルテミスちゃんの言う通りね。

性格最悪な女神だわ。この子の半分はゼウス様の血脈なのになんでこんな性格最悪な子に育ったのかしら？

きっと浮気相手の血が悪いのね。

『それに比べてベラスアレスはどうしてあんなまともなんですかね？　ゼウスとアンタという、考えうる限り最低最悪のハイブリッドだというのに？』

まあ、口の悪い。

でもまったくだわ。ベラスアレスちゃんたら、どうしてママを裏切って敵の方へ行ってしまったのかしら？

こんなにもママが困っているというのに、意地悪な息子!!

『いや、だからそれこそベラスアレスがまともな証拠だと……!?』

『煩いわよアルテミスさっきから。そういうアンタこそなんでこっちに加わったのよ。向こうの総大将はアンタの同種で同腹の兄貴でしょう？』

『だからこそよ。なんで私があのクソ兄貴に味方してやらないといけないのよ』

この子も少々歪《ゆが》んでいるわ。

『アポロンのすることは何でも間違っているから、その都度私が反対してバランスをとるのが妹の務めというものでしょう？』

『いや、常に間違っているというわけでは……!?』

『間違ってるわよ!!　アイツいつも寒いギャグかまして滑りまくってるし、洗濯ものは裏返して洗わないし！　足臭いし！　あんなのが兄だと思うと恥ずかしくてたまらない！　だから私は常にアイツの敵に回るのよ！』

まあ、天邪鬼《あまのじゃく》な子だわ。

最近ではツンデレっていうらしいけど。

可愛《かわい》いとか思っちゃったりもするけど所詮コイツもゼウス様を誘惑したクソ虫の生んだ娘。

最終的には敵ってことね。

でも今は、協力して戦うべき仲間よ！　目の前の問題を直視しましょう！

『そうね、我々の状況は圧倒的不利とみなしていいわ』

『半神たちがこぞってアポロン側に回ったからね。実質こっちには私たち三神だけしか残ってないじゃない』

おのれ……、半分人の子の混じった雑種どもめ……！

その汚らわしい出自に目を瞑《つぶ》り、天界に引き上げてやった恩を忘れたというの!?

しかもアイツらのほとんどはゼウス様が地上の人族の娘に生ませた子だというのに！

お父様を助けようという気はないのかしら!?

『いや、半神たちにゼウスを父として敬う心なんてないと思いますよ？　純神である私たちにすらないのに』

『ゼウスに対してノー尊敬であることに加え、ヘラ様への恨みが骨髄に徹してるからねえ。アナタがまだ地上にいた頃の半神たちにどんな仕打ちをしたか覚えてないとでも？』

それは……、仕方ないのよ？

だって愛するゼウス様が私から気を逸《そ》らして生ませた子どもなんて嫌って当然じゃない。

だからちょっとね？　嫌がらせの一つぐらい……！

『アナタのやることなすこと嫌がらせの範疇《はんちゅう》で済ませられることが一つもない』

『よく考えたら私たちもその被害者だわ。ムカついてきた、死ね』

ああ、今いる同盟者まで敵意を!?

神々ですら恨みを忘れ、共に手を取り合うことなどできないの!?

『テメーのせいだよ』

『まさに日ごろの行いのおかげで半神は軒並み敵に回り、対立の性質上、海の神や地の神も向こうに味方するでしょう。しかも情報によればヘルメスが交渉してアレキサンダーを味方につけようとしているらしいわ』

『超竜アレキサンダーが参戦したら、天地海の全神が一瞬で消し飛ばされるんですけどー？』

我々はどこまでも劣勢ということね。

状況は厳しいわ。敵は膨大で屈強、対して味方は少ない。

神は何と厳しい試練を私たちに与えるのでしょう？

あ、神は私だったわ。

でも私は挫《くじ》けない！

愛するゼウス様をお救いするために、どんな手段でも取るつもりよ！

というわけでこれを用意してみたわ！

逆転の最終兵器を!!

『うっわ何これ？　箱？』

『こんなもの持ち出してどうするつもりですかヘラ様？』

アナタたちも神なら知っているわよね？

神が与える加護にまつわる厳正なルールのことを？

『何です唐突に……!?』

『そりゃあ知ってることは知ってますけれど……!?』

『神はさらなるものを人の子に与えてはならない。神は一度与えたものを取り上げてはならない。

ですよね？』

そうよ。

その掟《おきて》があるために、人の子へ加護や祝福を与えるのは一生一度になってしまうし、一度与えた加護祝福はなかったことにもできないのよ。

思えば面倒くさい掟だけど、そんな面倒な掟がどうしてできたかご存じ？

『そりゃ知ってますよ。現場をナマで見てきましたから……？』

『何千年前だっけ？　ゼウスが一人の英雄を大層可愛がって、色んな祝福や加護を与えまくったのよね？』

『私たちまで命じられて、寄ってたかって祝福と加護を与えたわ。神由来のスキルも。最終的に一人で何百っていう神の加護を抱えた英雄が出来上がることに……？』

その人の子は地上最強となり、もはや敵などいなくなったわ。

ゼウス様はその力でもって地上制圧をさせたかったらしいけど……。

『……まさかソイツが裏切るとはね』

『天空の神々を。チューンさせるだけさせといて最後に裏切るとかタチが悪いにも程があるけれど、神から分け与えられた最強の力があれば慢心したくもなるわ』

ホント神ってロクなことしないわよねえ。

あッ、私が神だったわ。

結局その超ハイブリッド改造英雄を調伏するのにハデスやポセイドスの力を借りなければならなくなり、冥神や海神の勢力に大きな借りができたのよねえ。

『そんな思い出話みたく言わないでください。間違いなく世界が滅びかけた危機の一つだったんだから』

『もっと戦慄しながら反省の態度を見せて語れ』

いやねえ、神は反省などしないわよ？

そうして三界神の協力の下に封じられた究極英雄。

封じるしかなかったのは、与えられたたくさんの加護の中に不老不死があったからだけども。

誰が与えたのかしら不用心なことするわねえ。

『あの……ヘラ様？　もう随分長く思い出話してますけど……？』

『そろそろ本題に戻らない？　結局アンタが持ち出してきた箱は一体何なのよ？』

せっかちさんねえ。

慌てなくても、これまでの話がちゃんとこの箱に繋《つな》がってくるのよ。

要するに、究極英雄はこの箱の中に封じられているのよ。

『『はああああああああッッ!?』』

フフフのフ。

今を去ること二千……三千年前？

多分その間ぐらい。

神からあらゆる寵愛《ちょうあい》と能力を受けながら裏切った愚かな人の子は、天地海の三神の力によりこの箱の中に封じ込められたの。

この箱こそパンドラの箱!!

この箱を開け放ち、封じられた究極英雄を解き放てば面白いことになると思わない？　少なくとも世界は混沌《こんとん》に見舞われることは間違いないわ。

我ら天界神の対立などどうでもよくなるほどにね！

『いやそれヤバすぎるでしょ!?　かつて世界を滅ぼしかけた害悪でしょ!?』

『ゼウスがどうして幽閉されたのか原因を忘れたのか!?　ヤベーことが繰り返される！　さすがあの夫にしてこの妻あり!?』

ウフフ、大袈裟《おおげさ》ねえ。

慌てなくても私にこの箱を開けることは不可能よ。何しろ封印は天地海の三界神が総がかりで行ったものだから、解封するにも三界神全員の同意がなきゃダメよ？

『なーんだ、なら安心』

『ハデス伯父もポセイドス伯父も、そんな血迷った行いを承認するわけないもんね。よかった世界はまだまだ平和だ』

ウフフでもねえ。

三界神の同意がなくても、この箱を開ける方法を私は見つけたのよ？

ヘルメスちゃんも愚かねえ、夫ゼウスの度重なる浮気をつぶさに見破るこの私は、神々一の情報収集能力を持っていると言っても過言ではないのよ。

その私に隠し事をし続けるなど無謀の極み。

ヘパイストスちゃんも恐ろしい加護を作り出したものねえ。

造形神の母神であるこの私が、今度はその力利用させてもらうわよ？

はい俺です。

冬だからやることが少ない。

一通り家事を終え、ジュニアを寝かしつけたら手持ち無沙汰になった。

妊娠中のプラティもそっとしておきたいので外に出てみたら、そこには冬でも騒がしい連中がいた。

「おおおおおおおおおッ!!　豆よおおおおおおおッ!?」

「寒くとも納豆菌は元気です」

レタスレートとホルコスフォン。

すっかりコンビで動くことが基本になってしまったアイツらが、こんな寒い中に何やってる?

「研究よ!　冬の寒い間でも元気に育つ豆がないか!　実際に撒《ま》いて確かめてみるの!?」

「二毛作できる豆があれば食糧事情の改善にも繋《つな》がりますので、実際に試してみることが大事です」

コイツらの豆に懸ける情熱が本物すぎる。

滅びた人間国の王女レタスレートは、最初こそよくある我がまま高飛車お姫様であったが、ここ農場で暮らしていくうちに農業の素晴らしさに目覚め、もっぱら豆ばかり育てている。

……いや、むしろ豆の素晴らしさに目覚めたのか？

豆作りに没頭し、様々な種類の豆を育て、豆の扱いならウチの農場で一番という域にまで達した。

納豆大好き天使ホルコスフォンを相棒に田畑を耕し、作物の成長を促進させるハイパー魚肥をあえて使わず通常の工程で耕作し、その過程をつぶさに記録している。

いずれは記録を取りまとめ、豆作りの極意を記した本を世に送り出したいんだそうな。

タイトルは『豆とYシャツと私』。

そんなわけでレタスレート、冬でも元気に豆作り。

「春になったら改めてソラマメを作りたいわね！　ソラマメはいいわ！　初心を思い出させてくれるわ！」

「レタスレートが初めて育てた豆ですからね」

相棒ホルコスフォンと共に鍬《くわ》を振り回すレタスレート。

そんな彼女へ突如異変が降りかかる。

文字通り真上から。

空よりなんか大きくて四角いものが落ちてきて、その落下地点に図ったかのごとくレタスレートに……。

……直撃。

正体不明の物質に頭上から直撃され……だけに留《とど》まらず下敷きにもなるレタスレート。

「うわあああああああッ!?」

「レタスレート!?　大丈夫ですかレタスレート!?」

さすがにホルコスフォンも慌てた声で、俺と一緒に駆け寄る。

天空より直下した謎の物体は、完全な形でレタスレートを押し潰し、もはやグロ案件かと思われるほどだった。

しかし……。

「ほりゃあああああッ!!」

レタスレート強い。

押し潰されるどころか逆に物体を持ち上げ、その辺に投げ放つ。

バーベル上げの選手を彷彿《ほうふつ》とさせる力強さ。

「今のは何!?　まさか!　高貴なる私の命を狙った暗殺行為!?　大変だわセージャ!　ボディガードをチーム編成してか弱い私を守って!!」

「必要ないだろ」

もはや今のお前は勇者が殺しに来ても、自分の身ぐらい簡単に守れるだろう。

高確率で返り討ちにできる。

どうしてこんなに強くなったのか?

豆のおかげか。本人の主張によれば。

「しかし一体何だったんだ今のは?」

見上げる。

雲がまばらにたゆたう大空だ。

あんな上空から一体何が落ちてきたというのか？

「一応調べてみるか」

一旦レタスレートに直撃し、そのあとレタスレートが持ち上げて放り投げたのは……。

優に人一人分の大きさのある……。

「……箱？」

木の箱だった。

分厚そうな木製で、枠組みは頑丈な金属製。

ご丁寧に蓋までついて、こんなに厳重そうな造りの箱と言えば……。

「宝箱！」

「宝箱！」

「納豆箱！」

ホルコスフォンだけ別の回答を導き出した。

何だよ納豆箱って？

「こんな立派な箱に納豆を詰め込めば、さぞかし見栄えがよく納豆の美味《おい》しさも上がるかと思いまして。想像してみてください。こんな立派な箱に満ちた納豆の輝きを」

黄金色の光を放って、納豆一粒一粒がまるで金貨のようだあああ……！

……ってなるかい。

「どっちにしろ、箱なら中に何が入っているかたしかめてみましょうよ！　もしこれが宝箱なら開けてみずにはいられないわ!!」

海賊の習性かな？

とにかく突如降って湧いた宝箱のために畑仕事も一時中断。

気の逸《はや》るレタスレートは早速箱の蓋に手をかけて開けてみんと試みるのだが。

「よッ！　ん？　ふッ！……あれ？　うぎぎぎぎぎぎぎぎぎぎ……ッ!?」

どうした？

レタスレートのヤツ蓋を摑《つか》んだままブルブル手を震わせて、そのまま動きらしい動きもない。

「開かない、蓋が明かないわ!?」

「そんなバカな」

バカなと思ったのは、今のレタスレートのパワーならたとえ箱にカギがかかっていたとしても、力ずくでカギを破壊しこじ開けられるだろうと思ったからだ。

レタスレートの怪力をもってしても開けられないって、どんな超厳重金庫だよ!?

「代わってくださいレタスレート、私が何とかしてみましょう」

「ホルコスちゃん！　任せたわ！」

相棒に代わって進み出る天使ホルコスフォン。

得意のマナカノンをかまえる。

「集束させたマナカノンで超精密射撃を行い、カギと思われる部分のみを破壊します。これで箱は開くかと」

おお、頼もしいぞホルコスフォン！

さすがドラゴンやノーライフキングに並ぶ最強種族、天使！

「では限定マナカノン発射します！」

シュート！

しかし放たれたマナカノンは箱に当たった瞬間跳ね返り、あらぬ方向へと飛んでいく。

「ぎゃー!?　危ねー!?」

危うく跳弾で貫かれるところだった!?

「まさか、マナカノンで傷一つつけられないなんて……!?」

「もっと威力を上げられないのホルコスちゃん？」

「できないことはありませんが、あまり威力を上げすぎると中身ごと吹っ飛ばしてしまう可能性が……!?」

それは悩ましいな。

しかしレタスレートの怪力やホルコスフォンのレーザー光線でもビクともしないなんて、どういう箱なんだ!?

とても普通のシロモノとは思えない。

先生でも呼んで調べてもらった方がいいか？

と思いつつ俺も一応チャレンジして手をかけてみたところ……。

……簡単に開いた。

「「「あれ？」」」

俺自身を含めた全員で拍子抜けの声を出した。

「何だこれ簡単に開くじゃん!?　何やってんだよ二人して力入れてるふりしてたの!?」

「そんなわけないわよ！　セージャこそ何簡単に開けてるのよ!?　なんかコツでもあったの楽に開けるコツとか!?」

蓋を温めるとか？

しかし何か意識することなくスルリと開いたけどな？

「それよりも開いたのなら中身を確認しましょう。どんな納豆が収められているか楽しみです！」

「納豆は入ってないんじゃないかなー？」

しかしここまで焦《じ》らされて期待が膨れ上がっているのは俺も同じ。

さあ、箱の中身はなんだろな？

「フフフフフ……、よくぞ私を封印から解き放ってくれたわね……！」

開いた箱の内側から、手が出て、肩が出て、上半身が出て、やがて全身が出てくる。

箱の中から出てきたのは人間だった、一人の。

しかもただの人間ではなく、見目麗しい女性。

鎧《よろい》をまとっていかにも戦士然とした女性は、しかしギラギラとした目つきでいかにも野心家という表情だった。

「すべてを与えられし者パンドラ、ついに神々の封印を解いて現世に帰還した！　さあ今こそこの世界を我が能力で支配してくれよう！　私こそはすべてを与えられる女なれば、この世界をも与えられる資格がある」

「……」

「あいたッ!?」

レタスレートに即刻頭を叩《たた》かれる、箱から出てきた謎の女性。

「レタスレート、初対面の人をいきなり叩くのはやめなさい」

「だってコイツ、昔の私みたいな匂いがするんだもん」

だからって叩くなよ。

お前自身もプラティに初対面腹パンされてたけどさ。

箱の中から出てきたのは女性だった。

名前をパンドラというらしい。

一体何が起こっているのかわからないまま状況だけが目まぐるしく変わっていく。

パンドラなる女性は、黒髪たなびく目を見張るほどの美女で、しかしながら出《い》で立《た》ちは鎧姿《よろい》。

野心的な目の色と言い、まさしく生粋の女戦士だった。

「私が封じられてから……、何年経《た》った？　まあどうでもいい、封印の箱から解き放たれたからには、停滞していた覇業を今こそ再始動させる時！」

箱から出てきた女、高らかに宣言する。

「この世界を我が手に握る！　私こそが世界の支配者よ！」

「……」

「痛いッ!?」

またレタスレートがスパーンと頭叩《たた》いた!?

だから叩いちゃダメだと言っているじゃないか!?

「すみませんすみません！　コイツが見境なく頭叩いてッ!?」

「いたたたた、何なのよアンタらは？　人族？　見た目からしてそうらしいけど……？」

パンドラなる美女は、俺やレタスレートのことをしげしげ見詰めて嘲笑的に口の端を吊《つ》り上げた。

「まあいいわ、人族ならばいずれ私に支配される者。家畜にも慈悲をかけてあげねば、痛いッ!?」

「こらッ、レタスレート!?」

なんでそんなスパンスパン叩くのッ!?

いや何となくわかる気もするけど、このパンドラという女性からは嫌な感じが漂っている。

レタスレートの気も立とうというものだ。

「ちょっと聞くけど、アナタたちはこの私を知らないの？　このパンドラを？　神からもっとも愛されし、英雄と聖女を同時に兼ねるこの私を？」

「知りませんな」

「ふむ……それぐらい時間が経ったのね。これは百年単位で封印されていたと見た方がいいわ」

一人ぶつくさと呟《つぶや》くパンドラ。

益々《ますます》わけがわからないが彼女の話を聞き続ければ謎は解けるのだろうか？

「ではまず、この地に新たなる私の伝説を紡ぎ出すためにも教えてあげるわ。私の名はパンドラ。かつて神からもっとも愛され、あらゆる有益なものと美しいものを与えられた女よ！」

自慢気に名乗るパンドラ。

「私は神々より様々な祝福と加護を与えられた。それによって誰にも負けない最強の存在となった。例えば見なさい！」

パンドラは、腰に剣を下げており、それを引き抜き振り下ろしただけで地面が抉《えぐ》れるように割れていく。

「ぎゃーッ!?　耕したばかりの種まき予定地がーッ!?」

「私は華麗なる戦神アテナより加護を受け、熟練の剣技を手に入れた!　剣を振るだけで地を裂き、天を割ることができるのよ!　それだけでなく!」

パンドラのかざした手から、荒れ狂う炎が放たれる。

その炎は地面を舐《な》め、レタスレートの畑(予定地)を焼き払う。

「ぎゃー!?　折角の肥えた土があああ――――ッ!?」

「今のは竈《かまど》の神ウェスタから与えられた炎の加護。この力のおかげで私は、魔族の魔法のように炎を操ることができるのよ!」

ああ、可哀想《かわいそう》に。

冬なんで作物などほとんどなかったが、それでもレタスレートが一生懸命に耕していた区域が被害を受けている。

「それ以外にも、残虐の軍神ベラスアレスから、どんな傷を受けようと立ち上がれる不屈の肉体を!　月神アルテミスから百発百中の弓矢の腕を!　神々の密偵ヘルメスからはいかなる敵からも逃げおおせる忍び足の技を与えられた!」

「色々与えられてるんだなー?」

あれ、でも待て?

以前から何度も聞いたことがあるが、神はたしか一人に一度しか加護とか祝福とか与えられないはずでは？

なんで一人でそんなに神の力を与えられてるの？

ということを指摘すると……。

「ほう、今の時代はそういうことになっているの。あるいは私の影響かもしれないわね」

「え？」

「私は神から大いに愛された。そのお陰で神よりありとあらゆる加護や祝福を与えられた。そのお陰で私の力は神を超え、神以上の存在となった」

「それって……!?」

そういえば『神から与えられる力は一人一つまでのルール』とは大昔に制限なしで力を与えられ続けた英雄がいたためと聞いた。

ソイツが驕《おご》って反乱を起こしたためで。

同じ事が起きないように、一人にいくつも与えないように定められたと。

「その英雄がキミだっていうのか!?　でもその話は何千年も前のことだと聞いた気が!?」

「何千年!?」

何故《なぜ》キミが驚くの？

「……そ、そんなに経っていたの？　まあいいわ、そのように世が変わっているのなら私にとってますます好都合ってことだから。今の人間たちに与えられる加護が一人一つまでなら、私と同じ方法で最強に至った者はいないってことだからね！」

パンドラには数十に達する加護と祝福があるが、今の人間は一つまでしか与えられない。

比較すれば実力差は明らかだ。

「何より私は大神ゼウスより、永遠に老いることのない美貌、そしていかなる神からも傷つけられることのない特権を与えられた！　神に殺されることなく、人間には私より強いものなどいない！　つまりこれは無敵ということ！」

そう言ってパンドラは笑う。

「この世界に私を倒せる者はいない！　数千年前は冥神や海神がしゃしゃり出てきたことで惜しくも封じられてしまったが、同じヘマはしないわ！　今度こそ神の思惑を撥《は》ね除《の》けて、私こそが地上の王になって……ぐほぉッ!?」

突如、パンドラが汚い叫び声を上げた。

思い切り腹パンされて、鳩尾《みぞおち》に拳が沈みこむほどに突き抉られていたからだ。

殴ったのはレタスレート。

その表情には怒りが浮かんでいた。

「よくも私の畑を滅茶苦茶《めちゃくちゃ》にしたわね!!」

そうだった。

パンドラはほんのデモンストレーション気分で剣を振ったり炎を出したりしていたが、そのお陰でレタスレートが冬に拵《こしら》えようとした畑が壊滅状態。

これじゃ怒るのも無理はない。

「ぐぼほッ!?　この私に一発食らわせるなんて……、一体何者?」

「農作物を荒らす者に名乗る名は持っていないわ。農場の掟《おきて》……畑を荒らす者には死を!!」

いやまあそうだけど。

レタスレートの気持ちもわかるのでここは任せるとするか。

「この私にケンカを売るとは愚かな……!　神より数多《あまた》の加護祝福を与えられた私は、常人を遥《はる》かに超える超人なのよ!　その私に逆らうならばちょうどいい、お前を復活後第一号の犠牲としてあげ……ぐふぉぉッ!?」

またいいのが腹に入った。

だがレタスレートのパンチを食らって一発では沈まないというのも、あのパンドラが類まれなる強度を持っている証《あかし》と言えるだろう。

豆パワーを得たレタスレートの腕力は尋常じゃないので、今の彼女に腹パンされたら胃液をすべて吐き散らして一日は目を覚まさない。

「な、何故……?　私は軍神ベラスアレスの加護によって不屈の肉体を得て、どんな攻撃を加えられても耐え凌《しの》ぐことができるはずなのに……!?」

「どんなにタフで頑強でも、それを超える威力で叩けば砕ける道理よ」

「くッ!?」

これ以上無為に殴られるのはマズいと悟ったか、パンドラはバックステップで距離をとる。

「黙って殴られていればいい気になって!　でもサービスタイムは終わりよ!　私が反撃に出るか

らには、もうお前に攻撃チャンスは二度と回ってこない!!」

そう言って、また腰の剣を引き抜く。

「この剣もまた大神ゼウスから与えられた聖剣エクスカリバー！　この世に二振りとない聖剣を、戦神アテナより授けられた剣術によって振るえば山をも断てる！　お前の命運はここに尽きたわ！」

剣を振り下ろすパンドラ。その太刀筋は、レタスレートがかざした手によって容易に防がれた。

「ええええええッ!?」

エクスカリバー？　とやらの刃を真っ向から受けたレタスレートの細腕は、血の一滴すら流れ落とさない。

傷もないから出血もしないということだ。

「……アナタに教えてあげる。人は、貰《もら》うばかりでは生きられないのよ」

レタスレートがなんかそれっぽいことを言っている？

「人は誰もが、他人から何かを与えてもらわないと生きられない。私だってお城でお姫様していた頃からずっと与えられて生きてきたわ。綺麗《きれい》なドレス、指輪やネックレス。農場に来てからだって多くの人に助けられて生きてきた……」

「エクスカリバーの剣撃を凌ぐなんて!?……そうか、お前も何かしらの神から加護を受けているのね!?　よほど強力な加護を！　一体どの神から寵愛《ちようあい》を受けているの？」

レタスレートは神の祝福も加護も受けていないはずだ。

例の神様飲み会の時には彼女も居合わせていたが、人族が崇《あが》める天界神がいなかったので固辞していた。

「だからこそ与えられることに感謝しないといけない。そうして初めて与えられたものを完全に自分のものにできる。私はこの農場で、たくさんの人に感謝している。セージャやプラティやホルコスちゃんや、オークにゴブリン、他にも多く……。そして何より、豆に!!」

結局豆なのか。

「多くの人たちに感謝して！　そして自分も与える側に回る！　それをせず与えてもらうことしかしないアンタに私は倒せないわ！　見るがいい、農場への感謝が生んだ私のパワー！　レタスレート総合格闘術奥義！　九豆竜《くずりゅう》閃《せん》!!」

「ぐわああああああああッ!!」

レタスレートの目にも留まらぬパンチの連打がすべてパンドラの体へヒットし、吹っ飛ばされる。

神の加護すら間に合わず、大ダメージを受けた彼女は口から泡を吹いて失神してしまうのだった。

「マメに働きマメに感謝！　豆を食べてマメな性分を身につけるのよ!!」

なんかキメ台詞《ぜりふ》的なことを吐いてビシッとなるレタスレート。

アイツいつの間にあんなキャラになったんだか？

希望を箱へ

Let's buy the land and cultivate in different world

しかし何だったんだ一体?

今日起こったことを順序だてて整理していくと……。

・空から箱が降ってきた。

・開けた。

・女の人が出てきた。

・レタスレートがぶちのめした。

以上。

『何言ってんだコイツ?』と言うほどにわけわからない。

どうして空から箱が降ってきたかとか、箱の中に女性が入っていたのかとか、理解の範疇（はんちゅう）を超えた箱過ぎる!

これが魍魎（もうりょう）の匣（はこ）ってヤツなのか!?

違うか……。

そういえば、あの箱が俺の手で簡単に開けられた理由もよくわからん。

レタスレートの怪力や、ホルコスフォンのマナカノンでもビクともしなかったのに、何で俺の手だと簡単に開いたのか?

俺の手に何か特別なものでも宿っていたか？

まあ、たしかに宿っているが……。

『その疑問の一切合切に、私からお答えしよう』

「わあ!?　ビックリした!?」

気づけばヘルメス神が立っていた。

天空の神々のうちの一神だ。

『いやー、懐かしい気配を感じ取って慌てて地上に降りてきたよ。これってアレだよね？　間違いなくパンドラの気配だよね？』

いや知りませんけれど。

ヘルメス神のお目当てと思《おぼ》しき女性は、いまだ口から泡を吹いて気絶し、起き上がる気配はない。

それをレタスレートが拾った枝でツンツンとつついている。

『いや、アイツだよ！　パンドラが外に出てきちゃってるうううう……？　三界神の複合封印を解いて箱を開けたってことは、やっぱり聖者くんのギフトの力によるものだね！』

「はぁあ？」

たしかに俺の手にはヘパイストス神からの贈り物……ギフトと名付けていいほどに凄《すさ》まじい能力『至高の担い手』が宿っている。

手にしたもののあるべき力を限界以上に引き出す能力だ。

これのおかげで農場作りがよく捗《はかど》る。

『パンドラが何者か、既に本人から聞いたことと思うけれど。そんなパンドラに反逆された我々神は結局彼女を封印することしかできなかったんだ』

何千年も前の話ですよね？

『ゼウスのアホ父が「神の手で傷つけることができない」なんてアホみたいな特権を与えるから殺すこともできなくてね。その代わりハデス伯父さんやポセイドス伯父さんの助けも借り、三界神総出の複合封印で厳重に閉じ込めたんだ』

その結果、封印を解きたい場合は三界神全員の合意が必要となり、一派の神だけでは封印を解けなくなってしまった。

『まあそれはアホ父ゼウスが勝手することを未然に防ぐ意図があったんだけれど。今あのアホ父は絶賛幽閉中だからねえ』

「じゃあ誰があの箱を？」

『そりゃあゼウス不在中の天界で最高権力者。天王の妃《きさき》ヘラ様だよ』

俺も一回だけお会いしたことがあるが、まあ個性的な女神様だったなと記憶している。

主に残念な方向で。

『ヘラ様は、今天界を二つに割った対立の、一派側の総大将だからねえ。しかも不利な方の。自陣の戦力増強にしたかったのか、それともただ混乱を呼びたかったのか、いずれかの理由でパンドラを利用するつもりだったんだろう』

それで箱を農場へ落とした？

『さっき言った通り、正攻法で封印を解くには三界神の合意が必要不可欠なんだよ。それを回避するには唯一の裏技しかない』

「俺の『至高の担い手』か……!?」

『そういうことー』

『至高の担い手』を持ってすればどんな封印も解けるだろう。

だって触れたものを自在に操ることができるんだから。

『キミの存在は、天界の神に知られないよう細心の注意を払ってたんだけど、それでもヘラ様には一枚上を行かれたね。さすが夫のどんな浮気もたちどころに見破る鬼嫁に隠し事は不可能か。というわけで……』

「というわけで?」

『まことにすみませんでしたー!!』

世にも珍しい神様の土下座。

いやそうでもないか、前にもどこかで見た気がする。

『これからはより気を引き締めて、キミらにちょっかい出させないようにするのでご勘弁ください！　でも多分大丈夫！　神々は召喚されない限り地上には来れないし』

「アンタは呼ばれてもないのによく来るじゃないですか?」

『私は神々の伝令役として例外を許されているからね！　ヘラ様やアテナはそうでもない！　それにキミ自身は既にヘパイストス兄さんのギフトを貰《もら》っているし、この土地はハデス伯父さんの加護を貰っているから益々ちょっかいかけられないよ!?』

そんな弁明がましくしないでいいので。

今日の出来事がやむをえない事故であることはわかった。

では何故起こったかの過去を追求するより、どう処理していくかの未来を考える方が建設的ではないか。

「さしあたって、あの女の人はどうしようか？」

『そうだなあ？』

パンドラはまだ殴り倒されてから意識を回復しておらず、レタスレートによって鼻の穴に落花生のカラを詰められて遊ばれていた。

『しかし彼女もアホだねー、昔の最強が今もそうだとは限らないのに』

「そうすか？」

まあ実際レタスレートに完膚なきまでにやられたんだが。

『パンドラに授けられた中で、もっともヤバい加護は「神から傷つけられることがない」ってヤツだからね。おかげで事実上神は彼女に手出しできなくなった。殺すことも制限することもできない』

ならばパンドラを止められるのは神でないもの……つまりは人類ということになるんだが、他にも多くの加護祝福を与えられたパンドラに、当時の人間で敵《かな》う者は皆無。

『おかげで封印するしか選択肢はなかったんだが、あれから数千年も経《た》てば人類も進化するしねえ。

ノーライフキングまで含めたら彼女を超える人類なんて腐るほどいるよ』

レタスレートもその一人だったと。

与えられたものに頼って何の訓練もしなかったパンドラより、日夜豆を愛し豆を食べ続けた彼女のパワーが勝ったのか。

これは俺自身身につまされる話だなあ。

へパイストス神から『至高の担い手』というギフトを貰い、こうして楽しい農場生活を送れているのだが、あまりにギフトにベッタリ頼り切りでは俺もパンドラのようになってしまう。

節度を守ってみずからも研究し続けていこう。

それこそあのレタスレートのようにな。

『パンドラはまた封印するのがいいんじゃない？　どうせ元から永久封印されてるヤツなんだし』

俺の『至高の担い手』を持ってすれば、封印を解くだけでなく再封印することだって可能だろう。

再び箱に入れてピタッと閉めておけば、きっと大丈夫だろう多分。

自省しながら結局すぐまた『至高の担い手』に頼ってしまっているが……。

「それじゃあ必要なのはあの箱だってことで……、どこにいった？」

パンドラが解き放たれてからはもっぱら興味が中身に移り、ガワは置いておかれたけれど。

……アレ？　そこに置かれてなかったっけ？

「こちらですマスター」

「おうッ!?　ホルコスフォン!?」

箱を抱えてどうしたんだ!?

「このように立派な箱に納豆を詰め込んだら素敵だろうなという想像を実現すべく行動しておりました」

「お、おう……!?」

急に気配が消えたと思ったら、そんなことを……!?

「箱の内側を丹念に洗い、乾かして、消毒し、その上で詰め込めるだけの納豆を詰め込んでみました。いかがでしょうマスター？　これぞ宝箱ではありませんか？」

「そ、そうだね……!?」

たしかにこの内側は、納豆をパッケージングした藁束《わらたば》が数えきれないほど詰め込まれてワゴンセール状態だった。

「さすがに納豆そのまま詰めることはしなかったか……!?」

『でもどうするの？　これまたパンドラ詰めて封印しないといけないのに……!?』

困惑するヘルメス神。

俺はその隣で沈思黙考して。

「このまま詰め込んじゃえばいいいか」

『え？』

「レタスレート、パンドラさんこっちに持ってきてー」

レタスレートから『わかったわー』の快活な返事が来て、いまだ気絶している女性を抱えてこっちに来る。

「じゃあ、また箱の中に入れて」

「はいはいさー」

『ちょっとッ!?』

既に納豆でパンパンになっている箱の中にパンドラをギュウギュウと押し込んで、何とか収まったところで蓋を閉める。

封印は無事再起動して、パンドラは再び箱の中の人となった。

追加した大量の納豆と一緒に。

『よ、よかったのかな……!?』

「大丈夫でしょう?」

『ま、まあ封印中の箱の中は時間が止まっているから腐敗とかの心配はないだろうし。しかし、いくら時間が止まっているとはいえ……!?』

納豆パンパン空間の中で封印され続けるパンドラ。

これからまた何千年と過ごすことだろう。

「いいえ、これは素晴らしいことです」

ホルコスフォンが言う。

「この封印が再び解かれし時、人々はまたパンドラさんによって迷惑をこうむることでしょう。しかしそれだけではない。きっと未来の人々はパンドラという厄災だけでなく、もう一つの贈り物を

受け取るはずです」

そう。

納豆という。

「つまり納豆とは、箱の底に残った最後の希望なのです!!」

「そうかー」

次にこの箱が開かれるのは百年後か、千年後か。

その時箱を開けた人々は納豆という食品を受け取り、希望を見出《みいだ》すことだろう。

それこそがパンドラの箱に残った希望。

『この箱、天界に持って帰ったらまた利用されるかもしれないし、農場で預かっといてくれない?』

「いいよー」

こうしてパンドラの箱は、農場の納屋の隅っこに捨て置かれることとなるのであった。

たくさんの納豆と、その他おまけを内包しながら。

後日談としては切り札であるはずのパンドラ復活が完膚なきまでに失敗に終わった天界の強硬派さんたちは、強気を挫《くじ》かれ程なく降参。

天界戦争は始まることなく終結したそうな。

喫茶去

冬もそろそろ終わりに近づいてきた。

雪解け前にもう一つ、事業的にやりたいことがあったので実行することにした。

お茶作りだ。

以前からやろうやろうと心に温めていたことをついに実行に移すぞ！

前に、農場でも美味《おい》しい飲み物が欲しいなあと考えていた時に一案として浮かんだもの。

しかしお茶の元となるお茶っ葉、その茶葉を実らせる茶の木を栽培しないといけないということで、一旦据え置きになった。

それを今再始動させる！

お茶っ葉の元となる茶の木を、この際だからたくさん育てて茶畑の規模ぐらいにしてやるぜ。

そしてたくさんの茶葉を作る！

なんだか久々に農場らしいことをするから余計に胸が躍るぜ。

ドキがムネムネするぜ！

ということで茶畑の栽培地に決めた場所は、ダンジョン果樹園であった。

ダンジョン果樹園。

ヴィールが支配している山ダンジョンに設けられたこの施設は、ダンジョンという環境を利用して効率的な果物づくりを目指す場所だ。

ダンジョンは空間を歪《ゆが》めた異界なので、温度湿度日照量とかの環境をダンジョン主の思いのままにできる。

また山ダンジョンは山だから水はけもよく、元々山地での育成に適した果樹を育てるのにもっとも適しているというわけだった。

そんな山ダンジョンのよさに着目してできたのがダンジョン果樹園。

今回育てたい茶の木もまた山地で育てることに適した種類と聞いたことがあるので、ダンジョン果樹園を育成場所に選んだ。

異空間なのも相まってまだまだ手付かずの空き地はたくさんあるから、そこを整地して茶の木を植えていくぜ！

……といってもまた『至高の担い手』で無から茶の木が生えてくるように促すだけだがな。

そうしてお茶の木の芽が出てきたらハイパー魚肥を撒《ま》いて成長を促すぜ。

プラティ謹製のこの超肥料を撒くと、作物が通常の何倍もの速さで育成するのだ。

普通の作物でも撒いて数日で収穫可能になるほどだが、今は木を丸々育てるからな。

それでもけっこう時間がかかる分、冬まで作業を待っていたというわけだ。

その間オークボ城やパンドラ騒動もあって、それらを経てついに茶畑が完成。

富士の裾野のような風景が広がったぜ。

「早速収穫だ！」

収穫には、農場に住んでいる元オートマトンの女の子たちに働いてもらった。

だってお茶の収穫といえば若い女の子がやってくれるもののはず。

チャッキリ娘だ。

という感じで摘み終えた一番茶！

……これを一番茶と呼んでいいんだよな？

とにかくこれを加工して、俺のよく知るお茶のスタイルにしていかないといけないはずだ。

緑茶、抹茶、紅茶、ウーロン茶、玄米茶、ほうじ茶など。

すべて元の原料は同じ、茶の木から採れたお茶っ葉のはず。

収穫から行われる処理によって、それぞれ違うものになっていくと聞いたことがある。

どんな処理をするか具体的なところまでは知らないけれど。

ダメじゃん。

加工法を知らなかったらお茶が完成しないじゃんか！

ダメじゃん！

いやいや待て待て。

ここまで来てお茶作りを諦めるわけにはいくか。

きっと何か方法がある。

俺にはこの『至高の担い手』もあるし、これを使って何とか美味しいお茶を作る方法が……。

試しに、摘んだばかりの葉を握って揉《も》み揉《も》みしてみた。

すると手の中に残った葉は……。

「ちゃんとした茶葉になっている!?」

あの黒々とした、針のように細い緑茶の葉だ！

もうこれにお湯を注げば問題なく最高に美味しい緑茶が淹《い》れられることであろう！

「また『至高の担い手』ですべてが解決してしまった……!?」

しかも、ちょっと趣向を変えて、違うものを念じながらお茶を揉んでみると……。

「紅茶、紅茶、紅茶、紅茶、紅茶……！」

紅茶の葉になった。

「抹茶、抹茶、抹茶、抹茶、抹茶……！」

緑色の粉が手の間から出てきた。

『至高の担い手』が、細かい作業工程抜きで様々な茶葉を生み出していく!?

久々に『至高の担い手』の恐ろしさを実感したぜ。

「しかしダメだ！　『至高の担い手』に頼ってばかりなのは!!」

こないだのパンドラの教訓もあることだし。

研究を重ねて、ちゃんとした工程で緑茶紅茶抹茶を作っていけるようになろう。

大丈夫、大まかなことは知っている。

紅茶は茶葉を発酵させて作るもので、緑茶は発酵させずに蒸すもの。

そして抹茶は茶葉を石臼で挽《ひ》いて粉状にしたもの。

……だっけ？

それをヒントに研究を重ねていくのだ！

いつかきっとどこに出しても恥ずかしくない異世界茶が完成するに違いない!!

……でもまあ今日のところは『至高の担い手』で出来上がったお茶を満喫してみようか。

どの程度の美味しさになったか実験してみよう。

「まずお湯を沸かして……」

知っているぞ。

緑茶の場合、グツグツに沸騰したお湯じゃダメなんだよな。

八十度程度のお湯でじっくり煮出した方が……なんだっけ？　渋味の成分が出ずに甘くまろやかな味わいになるはず……だったはず！

しかしマズったのは、茶葉が出来上がったあとのことをまったく想定せず、お茶を入れるための道具一切を用意していなかったことだ。

急須もなければ湯飲みもないし。

これからの課題だな。

今はあるもので何とかやりくりしていく。

鍋にそのまま茶葉を入れて抽出していき、ザルで茶葉をこしとりつつ普通のコップに入れる。

飲む。

「はあああ……、ホッとする味」

まさに『一服すべえ』と言わんばかりに心が落ち着く。

そうそれがお茶の上手《うま》さだった。

お酒やジュースもいいけど、やっぱり人はこのホッとする飲み物を求めてしまうんだろう。

人間に寄り添う味。

「別のお茶も試してみよう！」

『至高の担い手』で色んな茶葉ができているからな！

次は紅茶だ！

「ゴールデンドロップ！」

よくわかってない。

砂糖とミルクを入れてカップを傾けると、まるでここが英国都市のアフタヌーンのように思えてくるから不思議だ。

さらに抹茶も味わってみる。

実は前の世界で抹茶そのものを飲んだこととかないんだけど。

「なんかこう……、専用の何かでシャカシャカッと混ぜるんだよな？」

アレが何というのかも知らんし、従って用意できるわけもないが。

とりあえず適当にお碗《わん》に粉を入れてみて、だばあっとお湯をかけ、箸で掻《か》き混ぜてみた。

「全然泡立たない……!?」

この辺から悪い予感がしてきた。

とりあえず溶けきったと思える抹茶を一飲みしてみたが……。

「……全然溶けきってねえ！　溶け残った抹茶の粉が！　喉に引っかかってぐぼぼぼぼッ!?」

これは美味しい抹茶を入れるためにも研究が必要なようであった。

しかしあまり簡単に美味しいお茶が飲めてしまうのも千利休に失礼な話だ。

前の世界では茶道などかすりもしなかった俺だが、ここファンタジー異世界で茶の湯の道を探究し、見事にお茶の素晴らしさを広めてみせましょうぞ！

「で、ご主人様これは何なのだー？」

と一人浸っていたらなんか現れた。

ヴィールだ！

俺が何か新作料理を作ろうとしたら必ず現れるからもう驚かない。

「というか今日は遅かったな？　作っているのが食い物じゃないからか？」

最近になってわかってきたが、ヴィールどもの食い物センサーは明らかに感度の差がある。

甘いものとかジューシーなものだとすぐに飛んでくるんだ。

逆に苦かったり食いでがなかったり、あんまり腹に溜《た》まらなそうなものだと反応が鈍い。

「というかなんだこれはー？　また青汁作ってるのかご主人様はー？」

「青汁じゃねえよ!!」

たしかに粉末状だと見分けはつけにくいが……。

青汁と抹茶は別のものだよ！

ようし！

抹茶の素晴らしさをヴィールに教えてやるためにも俺も全力を尽くそうではないか!!

まずケーキを作るぞ！

小麦粉、卵、ミルク、バター、そしてビビる量の砂糖といつもの具材を混ぜ合わせ、ケーキ生地を作るのだ!!

そこに抹茶（粉末）を投入!!

「うおおおおおッ!?　どういうことだご主人様!?　ケーキに青汁を混ぜるなんて!?」

だから青汁じゃねーよ。

抹茶だよ!!

粉末状じゃ見分けつかないのはわかるが、別物だから！

それをわからせるためにも必殺のコイツを完成させる！

オーブンで焼いて！

抹茶ケーキだ！

「緑色だあああああッ!?　ケーキが緑色だあああああッ!?」

ケーキと言えば大抵は黄色じみたクリーム色、もしくは生クリームをまとって純白に彩られるのが定番。

その定番を打ち破るものこそ抹茶ケーキ。

瑞々《みずみず》しき青葉のごとく濃厚な緑色という、既定のスイーツにはあるまじき色合いにヴィールは度肝を抜かれていた！

「いいのかこれは!?　食べていいものなのか!?　緑色ってアレじゃないか!?　カビが生えているのだ!?」

失礼なことを言うんじゃねーよ。

食べても大丈夫なものなのは俺が保証するからさっさと食ってみろ。

「これはビターな大人のケーキねえ？」

「うわプラティ!?」

いつの間にか我が妻プラティが、ジュニアを伴って現れた!?

彼女も高度な食い物センサーを搭載していて新作料理を作ろうとしたら必ず出来上がる頃に駆けつけてくるのだが……。

最近になってヴィールより遅れて馳《は》せ参《さん》じるようになったのはジュニアの世話で動きが鈍くなったからか？

しかしタイミング的にはより絶好なところで来るしなあ。

今のように。

断りもなく抹茶ケーキを賞味するプラティ。

冬も深くなり、懐妊中の第二子もすくすく大きくなって、そろそろお腹《なか》も目立ち始めている。

「……これぞ大人の味」

食レポし始めた。

「この、いつものケーキにはない爽やかな苦み、全体を緑色にしている新しい素材のせいと見たわ。ただ甘いだけのケーキに苦味も加え、大人向けの味わいに進化したという感じね。……ジュニアちゃんも食べる？　はいあーん」

成長して色々食べられるようになったジュニアも抹茶ケーキを一口イン。

じっくり味わって『これはいつもと違いますね』という表情をした。

違いのわかるジュニア。

「とにかく、この緑ケーキは大人の味わい！　それがわからないヴィールはまだまだお子様と言っていいわね!!」

ズビシ！　と指さすプラティに、ヴィールは怯《ひる》む。

「だ、誰も不味《まず》いなんて言った覚えはないのだー！　というかちゃんと美味《おい》しいのだ！　はぐはぐ！　メチャうめー!!」

「ジュニアもおかわりほしいの？　はい、あーん」

「ケーキが美味しいのは当たり前だが、こういうビターな感じもまたよしだ！　甘みもほのかに上品だー！」

とりあえずなんか食レポしようとするヴィール。

とりあえず抹茶ケーキを気に入ってくれたところで手を緩める俺じゃない。

ここからさらにドンドン畳みかけていくぞ！

抹茶チョコレート！

抹茶ホットケーキ！

抹茶蒸しパン！

そして抹茶チーズケーキだあああああっ!!

「「「ほきゃああああああっ!!」」」

抹茶に彩られて新生する、我が農場で過去開発されたスイーツたち。

あれだ、過去の悪役がブラック化して復活するみたいな。

抹茶はスイーツを蘇生《そせい》させるゾンビパウダーだったのか!?

違うな。

まあ焼く前の生地に混ぜ込めるだけでＯＫな抹茶は何であっても合わせやすいからな。

使用のハードルが低いのは間違いない。

「どうしたのだご主人様!?　一度にこんなにたくさん作って！　いくら何でも一度にドパッとしすぎなんではないか!?」

「あまりにも大盤振る舞いしすぎてジュニアが困惑しているわよ!?　どうするの！　子どもはちょっとしたことでも大きなショックを受けるのよ!?」

いや、ちょっと興が乗っただけだけれども。

それにそこまでビビることもないだろう。

あとの展開はわかりきっているのだから。

こうしてスイーツを作ると……。

「「「「きゃあああああああああああッッ!?」」」」

農場中の女子が押し寄せてくる。

甘い香りに誘われて。

それはもう運命のように決まりきったことだったんだよ!!

「たしかに、これはいつものパターンなのだ……!」

「用意しておくのも、ただ純粋な未来への対応というわけね」

そういうことだ。

そうしてなし崩し的に始まった抹茶スイーツ祭り。

春先に不○家がやってそうな催しだが、やるならやるでけっして手抜きしないのが俺だ。

スイーツを食べるのに本来欠かせないものを俺は手に入れたばかり。

それを振舞うことも欠かさない!

それは……。

「紅茶だ！」

そうスイーツと紅茶、その二つが取り揃《そろ》っての美味しい午後のティータイム。

甘いお菓子と美味しい紅茶が揃ってこそのお茶会なのじゃああああああッ！

ということで紅茶を入れます。

ティーポットとか専用の器具が揃っていないので有り合わせになってしまうが。

また煮立った鍋のお湯に直接茶葉をぶち込んで、抽出できたらザルで茶葉をこしとって、ティーカップならぬ適当なコップに紅茶を注ぐ。

「ゴールデンドロップ!!」

紅茶が美味しくなる魔法の言葉を唱えて、あとはお好みで砂糖かミルクを入れてお召し上がりください。

抹茶スイーツと紅茶で『困ったな、お茶とお茶で被《かぶ》ってしまった』みたいなことにならないか心配ではあったが、幸いいい感じで合う。

これにて始まる農場初の本格お茶会!

英国仕立てのお茶尽くし!

さて、我が農場のスイーツ女子たちは振舞われた紅茶を見て……。

「……なんですかこれ?」

「茶色い水……体に悪そう……?」

あれッ!?

紅茶の得体の知れない色合いに困惑している!?

そんなバッカスが作ったウイスキーと似たような色じゃないか!

だからきっと慣れてるだろうって……。

ああ、女の子はウイスキーとか飲まないか。もっぱらワインかカクテルか。

そしてスイーツは女の子ばかりが食う。

範囲が重ならない!?

「ふッ、甘いわね小娘ども……！　これだから子どもも生んだことのないおぼこはダメね……！」

あッ、プラティ!?

「出産経験でやたらマウント取りに来ようとするプラティ様!?」

「アタシは、旦那様と一緒に過ごしてきた期間がそろそろ半端ではないのよ。積み重ねてきた実績と信頼が違うわ！　アタシは今まで何度も旦那様の作った料理を食べてきた！　そして不味かったことなど一度もないわ！」

積み上がったの俺の実績と信頼じゃん。

「だから今回だって美味しいのよ！　たとえ一杯の水であってもね！……というわけでいただきます！　熱いッ!!」

そりゃ淹《い》れたての紅茶を、ふろ上がりの牛乳みたいに呷《あお》ったらそうなる。

「……でも美味しい！　水にほんのりとだけど独特の味があって……！　渋味があってまろやかだわ！　それがケーキの甘みを引き立てて！　美味しい！　水じゃただケーキの味を薄めるだけだけど、こういう風に口の中を洗いつつお菓子の味を引き立てる方法があるのね！」

さすが実績豊富と自負するだけにレポートの内容が具体的だ。

他の女の子たちも背中を押されるように恐る恐る紅茶を口にし……。

「美味しい！」

「これは上品な味わいだわ！」

「ケーキを味わうのにこんな方法があるだなんて！　聖者様の世界は本当に奥深いのね!!」

皆が紅茶とケーキの組み合わせに感動し、バクバク食らうのもプラティが食レポしてくれたお陰だった。

やはりプラティは俺の妻として欠くことのできないパートナーだ。

今度はさらに二人目の子どもまで生んでくれるし。

……ん？

そういえば？

「妊婦にカフェインって駄目じゃなかったっけ？　プラティダメだ！　それ以上の紅茶は！　多分ある程度はＯＫかと思うけどッ！　しかし出産するまでは！」

プラティには妊娠中のお茶禁止令が言い渡されブーブー言われた。

エルフ覚醒

| Let's buy the land and cultivate in different world |

お茶会の大騒ぎが終わって翌日、俺はある人に呼ばれた。

エルフのエルロンだ。

我が農場で働いているエルフの一人。

至急彼女の仕事場に来てほしいと連絡を受けたのだが……。

「お前はまだまだ甘いな聖者よ」

顔を合わせるなりすぐさまダメ出しを食らった。

甘いって何が？

「昨日のお茶会の件だ」

「ああケーキの」

「その甘いじゃない！ そもそもあの緑色ケーキは苦味が特徴的だっただろうが!!」

たしかに。

じゃあ何が甘いというの？

甘いってことはダメ出しの意味であろう。でも昨日はエルロンだって他のエルフたちに交じって

抹茶ケーキバクバク食べていたではないですか。

その上、不満があるとしたら……。

「器だ！」

「うつわ？」

「よい食事を味わうためには、料理を乗せる食器にも気を配らなくてはならない！　味だけでなく目で楽しんでこそ、極上の食卓というもの！　しかし昨日の料理は全然様になっていない！　目で見て楽しめない！」

エルロン力説する。

ちなみに彼女は、農場で陶器を焼く仕事に携わっていて、主に日々の食事に使う皿やら碗《わん》やらを焼きまくっている。

だからこそ気になるんだろう。

「ケーキに使われた皿はまだいい。……いや、あの緑色に映える色合いを見つけ出したいものだが、しかしそれより気になったのは、あの紅茶とかいう飲み物を入れるコップだ!!」

「ほうほう」

「全然なっていないではないか！　有り合わせのコップを適当に揃《そろ》えて、形はバラバラ！　それ以前にあの不思議な色をした汁に合わせようという意思すら感じられない！　汁とコップの色合いがちぐはぐになっている！」

「汁って……!?」

恐らく昨日出した紅茶のことを言っているんだろうが、『汁』という呼び方自体が気分的に……!?

「あのねエルロン？　あれは紅茶と言って……!?」

「わかっている。恐らくあれは、干した葉から煮出した汁だろう？　葉に宿った成分を湯に移し、味付けするのだ」

お、おう……!?

凄《すご》いな、昨日の一回のお茶会だけで茶の何たるかを見抜いたというのか？

「エルフの社会にも似たような飲み物はあるのでな。もっとも昨日飲んだものにはまったく及ばないが。ただその辺に茂っている葉を適量千切ってグツグツにて成分抽出するだけだからな」

わぁい野趣。

「ちなみに、その時に使う器具がこれだ」

そう言ってエルロンが出したのは、鍋にも似た金属製の容器だった。

鍋のようで底が深く、取っ手のようなでっぱりと共に嘴《くちばし》めいた注ぎ口のある。

これはまるで……。

「やかん!?」

「やはり聖者も知っていたか」

「エルロン、是非これを真似《まね》た器具を作ってほしいんだけども！　陶器製で！」

それこそお茶を淹《い》れるのにもっとも適したもの！

緑茶用の急須と、紅茶用のポットで分けて作ってほしい！

用途はまったく同じでも雰囲気は大事なので！　和風洋風と使い分けたいよね！

「無論そのつもりで、このやかんを見せたのだ。聖者が作る茶にも、このような器具が必ずいる！　使い回しではなく細部まで適した専用のものがな！」

つまり紅茶ならティーポット！

金属製ではなく陶器で作った、茶葉から成分を抽出してお湯を色付け味付けするためのもの。ぜひ欲しい！

「しかし問題はそれだけでは解決しない。茶を注いで直接口につける器……コップも重要だ！」

エルロンが燃えている。

陶器作りのプロであるエルロンは、料理に完全マッチした食器で調和を取ろうとするから。

それが職人のサガなのかッ！

「急須！　ポット！　湯呑《ゆのみ》！　ティーカップ！　たしかに必要!!」

これまでお茶そのものの生産にかかりきりでそこまで気が回らなかったけれど、ようやくお茶が完成したからには副次的なものにも気を配らないとね！

「そういうわけでエルロン！　お茶用の器具一式、生産を頼んでいいだろうか!?」

「もちろんそれを願い出るためにアナタを呼んだのだからな！　土を焼いて作るものなら何でも私に任せるがいい！　必ずや美しさという点でも茶を一級に引き上げてみせようぞ！」

エルロンの陶器作りの技術と意欲はもはや芸術家の域に達しているので、任せればさぞかし物凄いものができることであろう。

やりすぎてしまわないかが心配なぐらいだけども……。

「作ってほしいものは色々ある！　まずは緑茶用の器具一式だ!!」

「緑茶!?」

「昨日飲んだ紅茶とはまた別のものだ！　急須に湯呑……茶托《ちゃたく》も欲しい！」

茶托とは。

湯呑の下に敷く和風のコースターみたいなものさ！

「茶筒も欲しいが大体金属製だよな？　エルロンに頼めるのは陶器製だけとして……！」

緑茶用は大体この程度なので、次の段階に行こうか。

「紅茶だ！」

「それこそ昨日飲んだヤツだな!?　任せろ、構想は既に頭に浮かんでいる！」

さすがエルロン、陶器作りで常に頭がいっぱいだ。

紅茶に必要なものそれはアフタヌーンティーセットよ。

カップにソーサー、ティーポット。

ついでにあのお菓子を入れるおかもちみたいなのがあれば完璧に農場がイギリスになってしまうぜ。

アーサー王だ！　ロビンフッドだ！　ダブルオーセブンだ！

「なんだ、作らなければいけないものが多くあるな……！　これは久々に腕が鳴る……！」

『ククク……』と不敵な笑いを漏らしながら創作意欲を掻《か》き立てるエルロンであった。

「そうそう、あと一種類エルロンに作ってほしいものがあるんだけど」

「まだあるのか？　私も一度にできることには限りがあるから、あまりに多いと手が回らなくなるぞ？」

まあ、順番にやればいいから……。

緑茶、紅茶と来て……次に様式を整えたいものといえば抹茶だろう。

「抹茶を飲むために揃えたい道具！」

やっぱり湯呑とか比較にならないほど大きな茶碗《ちゃわん》！

粉末状の抹茶を入れておくための茶壺《ちゃつぼ》！

茶せんに茶杓《ちゃしゃく》！　袱紗《ふくさ》！

それらを全部揃えたら茶道具一式！

抹茶を美味《おい》しく飲むための環境って、要するに茶道する環境ってことなのか!?

「どうだろうエルロン!?　できるだろうか!?」

そう彼女に尋ねた瞬間だった。

一瞬だけエルロンの瞳の中が空虚になったように思えて、次の一瞬はじけ飛んだ！

「ビッグバン!?」

エルロンの瞳の中で宇宙が生まれた!?

そうか、随分前から陶器作りで芸術的境地に達し、より美しくより崇高な作品作りを心掛けてきたエルロン。

しかしそういうものの源流は、茶道にあるんじゃないか!?

お茶を注ぐ茶碗でお城が立つ値段したり！

重要文化財、国宝になったり！

既にこっちの世界で、数々の名陶芸品を作り上げたエルロン。

彼女の作品は高値で取引されて、一財産築き上げるほどとなってしまっている。

そんな彼女が……昔から高値で取引されている茶器とか作っちゃったらどうなるんだ!?

名物とか作っちゃったら!?

国宝か？

国宝になるのか!?

「あの……エルロン？　やっぱり無理して作らなくても……!?　緑茶と紅茶のセットだけでも充分だから……！」

この期に及んで怖気《おじけ》づく俺。

そもそも茶道なんて俺まったくわからんし。

「いいやダメだ……!!」

しかしエルロンは引き下がらない。

既に彼女の中でビッグバンは起き、新たな宇宙が生まれてしまったのだから！

「よくわからん……、よくわからんが私は、我が人生でもっともやり甲斐《がい》のある仕事に出会えた気がする！　今まで何千枚もの皿を焼き！　お碗を焼いて、培ったこの技術は、すべてこれから茶碗を作るためにあるのではないかと！」

ヤベーヤツのヤベースイッチが入ってしまった気がする。

俺はこの世界でもお茶を飲みたいと願っただけなのに……。

何で気づいたら世界を変えて、新しい世界を生み出す局面に入っているの!?

エルロンが創り出す、茶と器と礼儀作法の混然たる宇宙!!

「やろう！　その抹茶とやらを飲むために必要な器具づくり！　このエルロンの職人魂を懸けて仕遂げてみせよう！」

これは異世界で、茶の湯革命が引き起こされるか!?

わらわはエルフエルフ・エルフリーデ・エルデュポン・エルトエルス・エルカトル・エルザ・エルゼ……以下略。

エルフ王じゃ。

世界でもっとも大きなエルフ集落を采配し、この世にたった一つしかない世界樹を擁する、もっとも偉大なるエルフ。

……いや、最近じゃともう一つ世界樹ができたんじゃが……。

それでもわらわこそがもっとも偉大なエルフであることは変わりない!!

畏れ敬え！　わらわこそ高等種族エルフの中でもっとも高等なる存在ぞ!!

「相変わらず煩《うるさ》いのうお前は……！」

おおうッ!?

そういうお前は我が同類、エルエルエルエルエルシー！

略してＬ４Ｃではないか。

「略すな、たわけが」

はふーん。

同じハイエルフと言えどもエルフにとって神聖なる記号『エル』をその名に二十二も刻むことを

許されたわらわと、たった四個しか刻まれないお前とでは格が違うがな、格が！

本来なら直《じか》に言葉を交わすことすら許されん間柄よ。

それを許してやっているのはわらわの慈悲と心得よ！

「単に加減を知らんだけじゃろうが。お前の名前を正確に覚えているヤツなんぞ誰もおらんぞ」

はぁッ!?　覚えろや！

神聖なるエルフ王の名じゃぞ！

「そんなことより、わらわとお前同時に呼ばれるなぞ珍しいのう？　一体何を意図しての招待なのやら……？」

はッ!?　そうじゃった!!

今日はあの名工エルロン宗匠からの直々の御招待を受けているんじゃった!!

それをもって本日はエルロン宗匠の住処《すみか》……農場へエルフ転移魔法でもって馳《は》せ参《さん》じたのじゃ！

というわけでわらわたちは農場に生えたもう一本の世界樹の麓におる。

わらわやL4Cのようなハイエルフは、巨大な森か一本の世界樹によって浄化されたマナの中でしか活動できんのでのう。

「エルロン宗匠が直接呼んでくださるとは……一体どんなもてなしが用意されているんじゃ!?　お土産に新作の陶器とかを貰《もら》えたり……!?」

「妄想に耽《ふけ》っているところ申し訳ないが、エルロン宗匠はあくまで我が集落出身のエルフじゃ。当然そっちの里長《さとおさ》であるわらわの方を優遇してくださるのが当然！」

なんじゃと!?『エル』の記号を四つしか持っとらんヤツ！

「お土産の新作を持たせてくれるにしても、きっとわらわの方がより豪華なものになるに違いない！　のうエルザリエル？」

「御意」

なんじゃ？

気づけばＬ４Ｃの後ろにもう一人エルフが控えておるではないか。

体つきも逞《たくま》しく、眼光鋭い戦士エルフじゃのう。

いかにも森の外で、幾多もの戦闘経験を積んだに違いない。

「紹介しておこう。こやつはエルザリエル。我らがエルフ集落で森の再生事業を進めておる非常に優秀なエルフじゃ」

「恐縮です」

「だけでなく、あのエルロン宗匠の姉貴分でもある！　ぬしとわらわたち、どちらがエルロン宗匠にとって近しい間からはここからでも察せられるというものじゃ！」

何じゃとおおおお!?

くっそ、コネばかり振りかざしおって！　直接的な関係はなくとも、わらわの方がより名匠を敬愛しているということをわからせてやるぞ！

「ならば！」

「おう！　いざ行かん！」

招待してくださったエルロン宗匠の下へ!!

＊　＊　＊

「皆さま、本日はようこそおいでくださいました」

おおエルロン宗匠！

宗匠はエルフ族の誇りじゃよ！

ご本人による出迎え、ありがとうございます!!

「こちらこそハイエルフであるお二方を私ごときが呼びつけて、不敬の極みと言われかねぬところを快く招待に応じてくださり光栄の極み。歓迎の準備はできておりますので、どうぞこちらへ……」

ふむ、そうか。

では遠慮なく歓迎を受けようではないか!!

「エルロン宗匠、今日はエルザリエルも連れてきたぞ。宗匠も、かつての姉貴分に会いたかろうと思うてな」

「チッ、……いえ、お気遣い感謝いたします」

今舌打ちした？

この二人、本当に仲がいいの？

ま、まあいいか。……それよりエルロン宗匠は今日変わった出で立《た》ちをしておるのう？

そのやたらと動きにくそうな服装はなんじゃ？

「私の服装にお気づきになりましたか。さすがエルフ王にございます」

いやいやいやいや……。

エルフ王なら気づいて当然よ！

「これはワフクというもので、バティに急遽《きゅうきょ》仕立ててもらいました。茶席に出るには、これがもっとも相応《ふさわ》しい服装だというので」

チャセキ？

「皆さまは初めてということで普段の格好でもかまいません。では茶室へ案内いたします」

チャシツ？

とにかくエルロン宗匠のあとへついていく。

世界樹のマナ浄化作用は非常に広範囲で、多少離れたところでまったく問題ない。

それよりもエルロン宗匠は、一体わらわたちに何を見せようというのじゃろうな？

てっきり陶器の新作を見せてくれると思ってワクワクだったんじゃが？

「着きました。こちらです」

と到達したのは、一つの建物の前。

なにやら小さくて、木造で土壁、何ともみすぼらしい感じが……？

「オークたちの協力で建てた茶室にございます。どうぞこちらからお上がりください」

中に入っても、やはり外見通り狭いのう。

農場の他の家屋にもある『タタミ』とかいう床は心地よいが……。

「これらすべて、聖者様よりアイデアを貰って設《しつら》えたものです。侘《わ》びた茶室、淑《しと》やかなる和服。それらもすべて茶席の主役である、この器を引き立てんがため」

「おおおッ!?」

これはあああああッ!?

ついに出てきたぞ！　エルロン宗匠の新作じゃあああッ!?　我ら感激の極みじゃああああ!!

これは、碗《わん》か!?　杯か!?

多くの水を溜《た》めておけそうなほどに大きな陶器製の碗が、漆黒に染め上げられて黒光りしているではないか……ッ!?

漆黒の碗！

我らエルフにとって黒という色は黒鉄を連想させて、そこまで好ましい色ではないが……。

土から作られたこの黒碗からは、不思議と懐かしさすら感じる……!?

「聖者様から創意を分けてもらい、我がセンスの粋を凝らして作り上げたものです。茶を飲むための碗。つまり茶碗です！」

チャー!?

一体何を行っておるのじゃエルロン宗匠は!?

しかしやることなすことすべてに素敵な新しさが溢《あふ》れて、このエルフ王胸がキュンキュン高鳴っておるぞ!!

「しかし器には、それに合った水で満たさねばならない。今こそ注ぎましょうぞ！　聖者様が作りし極上の飲み物、お茶を！」

何を言っているかサッパリじゃがエルロン宗匠!?

黒器に注ぐのは……、やっぱりわからん!!

なんじゃその緑色の粉末は!?

さらにその上からお湯を注いで……シャカシャカ掻《か》き混ぜるのじゃ!?

「できました。これが茶席で楽しむお抹茶です。お二人ともご賞味あれ！」

差し出された、黒碗に満たされる緑色の液体……!?

しかも忙《せわ》しなく掻き混ぜたせいか泡立っておる……!?

こんな見たこともない謎の物体、本来ならば毒ではないかと口入れるのも拒みたくなるが……。

しかし美しい!?

黒光りする碗と鮮やかな緑のコントラストが、目の覚めるようではない！

それが益々《ますます》我が喉に渇きを及ぼして……。

……飲む。

美味《うま》いぞ!!

ただのお湯ではない、眠気も吹っ飛ぶような苦味がありつつ口当たりもまろやかで、何と美味なる液体なのだ!?

「これが茶でございます」

「チャー!?」

「聖者様から広く伝わっていくだろう妙薬。しかしお茶を収めるには器がなくてはなりません。つまり茶の流行と私の陶芸の真価は表裏一体。私はこの機に乗じ、茶を世界に広めたいと思っています」

なんと言うエルロン宗匠の野望じゃ!!

こんなに美味い茶と共にすれば、茶を満たす器だって大流行するに決まっているではないか!!

「茶と共に器も愛《め》でる……、この形態を『茶道』と呼び慣《なら》わし、世界に広めたいと思っています。エルフ王様たちにも是非ともご協力を」

もちろん協力させてもらおう!

我らエルフは、これより全面的にエルロン宗匠を支援し、共にサドーを広めていこうぞ!

「私も協力させていただきます! このサドーをこそ、エルフ族の新たなる誇りに!」

L4Cのヤツも乗り気じゃ!

集落が分散していたエルフ族がサドーの下で混然一体となり、皆で発展していくのじゃあああ!

「おい」

「はい? ぶごぉッ!?」

えええええッッ!?

殴った!? エルロン宗匠が殴られた!?

一体なんてことをしておるんじゃ!? それをやったのはL4Cのヤツが連れてきた……エルザリエルとかいうエルフではないか!?

「我が妹分ともあろう者が軟弱になりおって……エルフの真情は武。森に攻め入るものを皆殺しにする弓矢の恐ろしさだろう」

「エルザリエル様!?」

「それをこのような小手先の芸にうつつを抜かして。一から性根を鍛え直してやる!」

待ってえええええええ!

待つんじゃお前! エルロン宗匠は卓越した技の持ち主なんじゃよおおおお!

エルフの宝なんじゃよおおおお!

だから殴るな! やめて! わらわもL4Cも賛同してるんじゃから素直に従えよ! ハイエルフじゃぞ!

……こうしてわらわとL4Cの二人がかりでなんとか止めたが……。

武闘派ばかりのエルフ族に侘び寂びの精神はまだまだ浸透せぬのかもしれないの。

俺です。

お茶美味《おい》しい。

縁側で緑茶などを味わっていると、心の底から落ち着いてくる感じがするぜ。

「そんなに美味しそうなのにアタシは飲んじゃダメなんてッ！　旦那様が家庭内暴力だわ！」

プラティが恨めし気に見詰めてくるが、すまない。

妊婦にカフェインは好ましくないのだ！　出産したら好きなだけ飲んでいいので、今はノンカフェインの麦茶を飲んでいてくれたまえ。

さて、そうして我が農場でも生粋のお茶が楽しめるようになってきたが、そうしたら、さらに新しいものが欲しくなってしまう。

人間の欲には際限がない。

お茶を飲むようになり、嗜好品《しこうひん》に馴《な》れてしまったらもう一つ別の嗜好品が欲しくなってしまうのはサガというもの。

そうあるではないか。

お茶と双璧を成す、もう一つの嗜好品的飲み物……。

「コーヒー！」

そうコーヒー豆から抽出した真っ黒い飲み物。

お茶飲みます？　それともコーヒー？　と言われるくらいオーソドックスな嗜好品だ。

お茶を作りてコーヒーは手つかずというのでは詰めが甘いというもの。

しかし俺に隙はない！

茶畑と並行し、コーヒーの木もダンジョン果樹園にて育てていたのだ！

お茶を味わうのも一段落ついたからには、今度はコーヒー作りに挑戦しようではありませんか。

「というわけで目の前には既に収穫したコーヒー豆が用意してあります」

一応の確認だが、コーヒーはコーヒー豆から成分を抽出する飲み物だ。

コーヒー豆を実らせる木から果実諸共《もろとも》収穫し、果肉を除いて乾燥させ、脱穀したのがコーヒー豆。

しかし、まだそれだけではコーヒーはできない。

「えッ？　何？　豆？」

「今度はその豆で納豆を作るのですか？」

豆ときたら現れずにはいられないレタスレートとホルコスフォンのコンビ！

ええい、近寄るな！

コーヒー豆で納豆は作れない！　多分！

「今日はお前たちのまったく知らない豆の利用法を実践するのだ！　大人しく見ておれ！」

「私たちの知らない豆の利用法⁉　それは興味深いわ！　見学していきましょう‼」

本当に研究熱心だなコイツら……。

まあいい。

コーヒー豆からコーヒーを抽出するためには生のままじゃダメだ。

ローストして黒く焦がさないと。

そうしてフライパンで軽く炒《い》っていくと、また凄《すご》くいい匂いと共に生豆が、クリーム色から黒へと変色していく。

いかにも熱のこもっていそうな黒褐色に！

テレビCMとか商品パッケージで見かけるコーヒー豆そのものだ！

そして鼻孔をくすぐるコーヒーのいい匂いよ!!

「ホルコスちゃん、変な臭いしない？」

「焦げ臭いですね」

ええい、コーヒーの芳醇《ほうじゅん》な香りを理解できないお子様め！

豆をローストしたら、今度はお湯に抽出しやすいように挽《ひ》いて粉にするぞ。

そうしてさらに皆よく見かけるコーヒー粉となるのだ。

これが前の世界だったら専用の器具でゴリゴリ砕くのだが……。

心配ご無用。

実はもう用意してある。

コーヒー豆を挽いて粉にするための道具……コーヒーミルが！

今日という日を迎える準備として、前々からドワーフに製造を依頼していたのだ！

設計思想を忠実に伝えて！

そうしてドワーフの親方エドワードさんが作り上げてくれた異世界コーヒーミルがコレ！

主原料はマナメタル！

俺の拙い説明でよくも忠実に再現してくれたものだ。

これでコーヒー豆をゴリゴリ挽いて……、ついにできたぜコーヒーの粉！

益々《ますます》いい匂いが漂ってくる！

「しかし完成までの工程多いなコーヒー」

ここまで来てまだ完成じゃない。

最後の仕上げに、粉々の粉になったコーヒー豆からコーヒー成分を抽出するドリップ作業に入ろう。

ここで使うのはコーヒーをこしとるためのフィルターだ。

フィルターにコーヒー粉を入れる。お湯を注ぐ。成分が抽出されたお湯はフィルターを通って下に落ちていくが、出涸《でが》らしの粉は残るという仕組みだ。

コーヒーフィルターは紙が一般的であったが、今回は本格的に布フィルターを用意したぜ。

なんかよりプロな感じがする。

それでもってドリップし……。

フィルターを通ってカップの中に落ちていく真っ黒な液体が溜《た》まって、ついに出来上がった。

「コーヒーだ!!」

カップを満たす真っ黒な液体。

これぞ男の飲み物。

お茶と並ぶ本物の嗜好品コーヒー。

「なるほどなるほど……。よくわかったわ、セージャが何を作ろうとしていたか……」

レタスレートが知った風な口を利く。

「醬油《しょうゆ》ね！」

「違うが」

醬油とコーヒーって、黒い液体ってぐらいしか共通点がないが!?

それで充分か。

「醬油も大豆から作られるもの。豆を原料とし、最終的に黒い液体として完成する。まさかそういう製造法でも醬油が作られるなんて知らなかったけど」

「だから違うって！」

予想以上に醬油とコーヒーに共通点が多く、俺も『コーヒーって醬油の一種だっけ？』と心に迷いが出てしまう。

いいや心をしっかり保て！

コーヒーと醬油は別のもの！　俺は違いのわかる男だ！

「コーヒーは飲み物だよ！　そして醬油は調味料！　飲んでみればわかる！　さあ、コーヒーをご賞味するがいい！」

「ええぇ……？　飲むの醤油を？」

だから醤油じゃねえって！

浮かない表情のレタスレートに半ば強引にコーヒーを勧める。

レタスレートはやはり気の進まなげだったが、それでも彼女は農場の一員。食べ物へ対する敬意を忘れず、一口コーヒーを啜《すす》った。

「……にっがあああああああッッ!?」

そして絶叫した。

「苦い！　クソ苦い!!　これは飲み物として許容できる範囲を遥《はる》かに超えた苦さよ！　こんなもの飲んでいいわけがないじゃないのバカじゃないの!?」

散々な評価であった。

ふ……、さすがにブラックのままでは苦さに舌が耐えきれなかったか。

お子様舌だなレタスレートも。

「……な、何かしらこの無言のうちに漂うウザさは？」

「まあいいではないか。ならばこうすれば飲めるかな？」

コーヒーへミルクを注ぎ、そして小さじ二杯分の砂糖をぶち込む！

黒色から琥珀《こはくいろ》色へと変わるコーヒー、これでどうかな!?

「まあ……!?　多少は飲みやすくなったかもだけど……!?　これの何が美味しいの？　レタスレートよくわかんない！」

「そうか……、レタスレートにはコーヒーはまだ早かったか……」

「だから何なのその態度ウザい！」

やはりコーヒーは大人の男の飲み物ってことですよ。

「ウゼェ！　なんだかよくわからないけどセージャの全身からウザさが立ち上ってくるわ！」

お子様のレタスレートは置いておいて……。

この場にいるもう一人、ホルコスフォンはどうかな？

やはりブラックコーヒーの苦さに耐え兼ね、お子様っぷりを晒《さら》しているか!?

「苦味の中に、青りんごを思わせる爽やかな味わいがありますね」

「!?」

コーヒーを一口すすってホルコスフォンは感嘆の声を上げる。

「この濃厚な香りはロースト、グラインド、ドリップを空けることなく行ったことで新鮮さが保たれた結果ですね。フルーツを思わせる爽やかさも、新鮮さによって保たれたものでしょう」

「ホルコスフォンさん!?」

「ホルコスフォン師匠!?」

俺もレタスレートも、意外なまでのホルコスフォンの玄人っぽさに衝撃。

何だ!?　どうしてそんなにコーヒーを味わう姿が様になっているんだホルコスフォン!?

彼女の背後からダバダー的な音楽が流れてくるかのようではないか!?

「おらー！　美味しいものの気配がしてきたのだ！　おれ様参上！」

ここで新作料理の気配を察してまたヴィールが現れた。

俺、レタスレート、ホルコスフォンによる混沌《こんとん》とした場を目の当たりにして……。

「どうやらおれの出番はここにはないようだ！　邪魔したな！　じゃやッ！」

「また危機を察して撤退した……!?」

最近ヴィールの進退の判断が鋭くなってないか？

まあ、ここで改めてブラックコーヒーの苦さに辟易《へきえき》してもレタスレートの二番煎じになるから泣き損にしかならないしなあ。

とにかくコーヒーが完成したことを記念して様々な人に飲んで貰《もら》うことにした。

最初のターゲットは、ドワーフのエドワードさんだ。

何故《なぜ》彼を選んだのかって？

コーヒーミルを作るのに協力してくれたこともあるし、それにエドワードさんはドワーフで職人肌のオジサンだし。

『コーヒーを好んでくれるかな？』と漠然と思ったのだ。

そのテキトーな予感は的中した。

「ううむ、よいではないか」

コーヒー（ブラック）を一すすりし、陶然とした声を上げるエドワードさん。

「このきつい苦味が頭のぼんやりしたものを払って、目が覚めるようじゃ！　朝の眠気覚ましによいかものう!!」

「そうでしょう、そうでしょう」

やっぱりエドワードさんはコーヒーを気に入ってくれた。

コーヒーを飲んでもらうために農場へお招きした甲斐《かい》があったぜ。

「ワシらドワーフは酒を何より好む種族だが、このコーヒーというのもよいかものう」

「酒もコーヒーも大人の味わいですからねえ」

一流の品がわかる男同士で会話を楽しむ。

これぞ大人の世界だぜ。

「またマナメタルで道具作りを依頼された時には魂が昇天するかと思ったが、このコーヒーの味はいい……。落ち着いて魂が体に定着する」

それはよかった。

エドワードさんのマナメタルを目にするたびに昇天しかける個性は何としても改めてほしいと思っていたところです。

その足掛かりになるなら……コーヒーが魂鎮めの霊薬にされてしまう!?

「しかし、実によい苦味だ。このコクの深さはワシのように技術と経験を極めたナイスミドルでしか理解しえないもの。エルフの小娘程度には到底理解できまいなあ……」

エドワードさん、そんないかにもフラグになりそうなことを……!?

「野暮なドワーフが何か言っているな?」

ホラ来た。

フラグ回収する速さが矢のごとし。

エドワードさんの敵、エルフのエルロンが颯爽《さっそう》登場。

「風情を解さぬドワーフが、美食で我らに勝ろうというのか？　身の程知らずこの上ない」

「いつもながら生意気なエルフめ……！　どうしてお前はいつもそんなに偉そうなのだ⁉」

「実際偉いからに決まっているだろう！　我こそは真の美を求める職人気質エルロンだ！」

「エルフ風情が職人気質を名乗ることこそおこがましいわ！　真の職人とはワシらドワーフのことを言う！」

　またいつものようにケンカになった。

　エルフとドワーフ……いやエルロンとエドワードさんかな？

　この二人は双方気難しい職人体質である上に、求める芸術の方向性の違いから会うと必ず口論になり、そしてガチのケンカになる。

　それを見守る俺としては困ったものだが……。

　最近になって思うが、二人はこうして論を戦わせている時こそ一番溌剌《はつらつ》としていないか？

「……そこまで言うなら、お前も一口飲んでみればいいではないかコーヒーを！　果たしてどんな感想が出るかな？　まさか苦くて飲めないと言うまいな、お子様舌⁉」

「ふっふっふっふっふっふ……！」

「⁉」

　不敵に笑うエルロンに、エドワードさんはたじろぐ。

「何だその笑いは？　まさかお前もコーヒーに一家言を⁉」

「どこまでも甘いなドワーフ野郎。私の芸術は既に、コーヒーなどというものを超越したところにある！」

エルロンは、懐から何か取り出したと思ったらそれは抹茶用の茶碗《ちゃわん》だった。

あんな大きなものどこに仕舞っていたの!?

そんな疑問を差し挟む暇も与えず、今度は茶壺《ちゃつぼ》、さらに水筒まで持ち出し、それぞれ中身を茶碗に注いでシャカシャカ混ぜ合わせる。

つまりお湯と粉抹茶を。

「味わうがいい！　これが抹茶だ！」

「なにいいいいいいッ!?」

なんか即興で作り出された抹茶を前にして、衝撃に包まれるエドワードさん。

「そう！　私にはコーヒーなどというものに囚《とら》われる以前に、より高みに達した境地がある！　それこそがお茶！　コーヒーを超えるものだ！」

「なんだとおおおおおッ!?」

まさかコーヒーに比肩する概念を叩《たた》きつけられるとは思ってもみず動揺するエドワードさん。

二人の対立はもはやコーヒーの枠から離れ、さらなる次元へと昇華した！

つまりコーヒーvsお茶!!

この長きにわたって争い続ける嗜《し》好《こう》飲料王者決定戦が、ここ異世界でも繰り広げられることになろうとは!!

しかもただの戦いではなく、長らく主張をぶつけてきた求道者二人の対決項目に！

こうなったらますます激化は必至!!

「しかし、勝利は既に私で決したようなものだがな」

「何ぃッ!?」

いつになく強気のエルロン？

「私は既に、茶碗、茶壺、茶筅《ちゃせん》に茶杓《ちゃしゃく》。……茶を淹《い》れるための様々な道具を揃《そろ》え、茶道具のレパートリーを完成させせつつある」

「ぐぬッ!?」

「それに対してドワーフ野郎はいまだにコーヒーが美味《うま》いだの、その程度の段階に差し掛かったばかり。いまだ自分で一番上手《うま》く淹れるための道具作りにも至っていない。そんな俄《にわ》かぶりで、今や茶道を拓《ひら》かんとする私に対抗しようなどとは笑止千万!!」

「ぐおおおおおおッ!?」

エルロンがもうヤバい宗教を創始しつつない？

「だ、だがコーヒー豆を挽《ひ》いて粉にする道具は、聖者様の依頼でこうして拵《こしら》えた！　ワシだって何も作っていないわけではない！」

「それだけだ！　コーヒーだって完成するまでに他の色んな道具を必要とするだろう！　何よりコーヒーを注ぐためのカップ！　それこそ一番大事なのではないか!?」

「ぐううう……!?」

「しかし、お前にそれを作ることはできない！　何故ならお前に陶器は扱えないからだ!!」

コーヒーを飲むためのカップと言えば、スタンダードなのはマグカップか。

あと喫茶店などで出てくるような紅茶用と変わらないカップ＆ソーサーもあるけれど、どちらにしろ陶磁器だ。

しかし、本来鉄鋼職人として金属加工を本業とするエドワードさん。

大工仕事もするらしいが残念なことに、どっちにしてもコーヒーカップに一番適した陶工にはかすりもしない。

土を捏《こ》ね、焼き、土と火の力で器を作るにはどうしようもなく……。

彼のライバルであるエルロンの独壇場なのだ!!

「どうだぁん？　もしお前がどうしてもと頼むなら、土下座してでも頼むのであれば特別にコーヒー用のカップを制作してやらないでもないがぁん？」

「ぐぬぬぬぬぬぬぬぬぬぬ……!?」

そう、こうなったからにはエドワードさんは、エルロンに頭を下げる以外にコーヒーカップを得ることができない。

なんと言う皮肉事態。

エルロンの野郎、これを好機とエドワードさんを弄《いじ》り倒して……！

「ほらどうするのぉ？　素敵なコーヒーカップが欲しくないのぉ？」

「うがあああああッ!!」

ついにエドワードさん、逆上する。

「うごおおおおおッッ!!　聖者様！　おたくの鍛冶場を借りますぞ！」

「え？　はいどうぞ？」

ウチにも、簡単な台所用具とか農具を製作するための鍛冶場が昔からある。

エドワードさんはそこに飛び込むなりハンマーを振るい……。

「あんぎらすううううううッ!!」

奇声と共に金属を打つ！

「おしゃまんべえええええええええええッ!!」

奇声はどうにかならないのか？

そして小一時間ほどかけて……。

＊　＊　＊

「これでどうだ!?」

エドワードさんが作り上げたものは……!?

「銅のマグカップ!?」

まあこの流れからしてコーヒーカップ以外のものができたらビックリだけれども。

金属製のマグってそもそも意外だなあ。

「だってカップなんてお湯注ぐものでしょう？　金属なんで使ったらカップに熱が伝わって、あちちちちッ、じゃないか？」

熱くてカップ持てませんよ？

「ふふふふ、聖者様よ、何もアツアツホットなだけが美味《おい》しい飲み方ではありますまい。キンキンに冷たいアイスコーヒーも珠玉の味ではありますまいか？」

む？

それはたしかに、アイスコーヒーと言えば『冷《れい》コー』の略称で親しまれる飲み物だ。

「銅は、熱伝導性の高い金属。鉄や金銀と比べてもとりわけ高い！　その銅で作り出したマグカップは中身を一気に冷やす。アイスで楽しむには打ってつけの素材なのだ!!」

なるほど。当然ホットもいいがアイスで飲みたい状況もあり、アイス専用のカップがあるのはカッコいいな。

金属製って武骨で男らしい印象もあるし、金属カップで飲む俺カッコよさそう……。

「ホラホラどうだ？　お前らだって美味しいアイスティーを楽しみたいだろう？　それなら注文を受け付けてやってもいいぞ？」

「ぐぬぬぬぬぬ……!?」

エルロンへエドワードさんが絡んでいる。さっきと立場逆転だ。

ホットなら陶器、アイスなら金属と仲よく使い分けていけばいいと思うけどな。

しかしそうはならない。

彼らには種族と思想、プライドを懸けた対抗意識があるのだから。

「こうなったら……！」

「白黒ハッキリつけるしかなさそうだな……!」

おや?

エルロンとエドワードさんの様子が……。

「お茶か」

「コーヒーか」

「「どっちが優れた飲み物か、決着をつける!!」」

何にでもミルクを混ぜる女

| Let's buy the land and cultivate in different world |

さて始まりました。

農場主催、コーヒーvsお茶、より美味しいのはどちらか頂上決戦。

コーヒーサイドの代表者はドワーフのエドワードさん。

さらに豆サイドの縁者としてホルコスフォンとレタスレートが応援に駆けつけております。

対するお茶サイドはエルフのエルロンが代表を務めております。

というか因縁の二人です。こうして互いに鎬を削るのはただの私怨でないかと思われます。

実況は俺、解説は我が妻プラティとヴィールのお馴染みコンビでお送りいたします。

「妊娠中はお茶もコーヒーも飲めない！　妬ましい！」

「ジュニアも飲めないのだー、正直おれたちにとってはどうでもいい催しだ」

解説のお二人が既にやる気ない！

こんな中でも当の二人がボルテージアップで充分盛り上がっております。

エルロンとエドワードさんです。

「始終言い争いしてるけど結局アイツら仲いいでしょ！」

「ケンカするほど仲がイーアルサンスーなのだー！！」

のっけから核心を突くな解説。

解説がやっちゃダメなことだろ。

「果たして本当に美味《うま》いのは、お茶か？　コーヒーか？」

「それが今日決まる！　敗者には死あるのみの！」

なんか知らんうちにデスマッチになっていた。

「で、勝敗の基準は何なの？　どうやって決めるの？」

「それはもちろん審査あるのみ！　農場の住人たちを対象にお茶とコーヒーを飲み比べてもらい、どちらが美味しいか選んでもらう！」

「得票数の多い方が勝ちじゃ！」

案外普通の方式で争うんだなあ。

ウチの農場内での出来事だからもっと突拍子もない方法でするかと思っていたが。

お茶とコーヒーを入れたカップをそれぞれの頭に乗せて、こぼさずに殴り倒した方が勝利とか。

「農場に住む連中は舌が肥えているからきっと正当な判断を下してくれるはず！　勝敗をつけるのには最適だ！」

「みずから敗北を舐《な》めに行くとは見上げた根性、褒美に一息で引導を渡してやろう！」

ノリノリのエドワードさん&エルロン。

早速農場の住民による審査が行われたが……。

「にがーい」

……概《おおむ》ね評価は低かった。

おおむねそんな感じ。

「苦い！　苦いです！」

「口の中がいがいがになるー！」

「黒いのも緑のも苦過ぎる！」

エルロン以外のエルフとか、サテュロスたちとか、農場留学生たちとかが試飲して出た感想がおおむねそんな感じ。

そりゃ若い人たちの過敏な舌に、抹茶やコーヒーの苦さは辛《つら》いことでしかあるまい。
結局加齢で感覚の死にかけた舌にしか程よい刺激にならないんだ。苦さとは。

「な、なにいいいいいいいッッ!?」

そして意外な結果に揃《そろ》って衝撃を受ける者たち。

「そんな、私が粋を凝らして演出した抹茶の味が……！」
「ワシのコーヒーが……!?」

製作したのは俺ですけどね。
この勝負、一体どういう方向に行ってしまうんだろう？

「新しいお菓子を開発したのだ。ドラゴンエキスを練り込んで作ったドラゴンパイなのだー」
「うわぁ、夜のお菓子に最適ね！」

プラティやヴィールも審査員に飽きて私語を始めるし。
もうグダグダだ！
この状況を何とか打開できないものか!?

「では、私がなんとかしてみせましょう」

「おおッ!? キミは……!」

新たにこのバカ騒ぎへ参入してくる者は……、頭に角を生やしたサテュロスのパヌであった。

この農場で働く女性の一人で、出身種族から乳製品の製造を得意とする。

なんせヤギの獣人だから。

先日のオークボ城を観戦して、密《ひそ》かに自分も『じゅーせーかいほぉー!』と練習しているのは秘密だ!

「おおパヌ! たしかにキミなら審査員に相応《ふさわ》しい!」

「お茶かコーヒーか! その舌で美味しい方を選んでくれ!!」

エドワードさん&エルロンに詰め寄られるが、パヌは動じずたじろがず……。

「お二人は……、間違っています」

「「何ぃ!?」」

「お茶とコーヒー。……どちらもとても美味しい。それなのにあえて優劣を競う必要がどこにありましょう? どっちが正しいかなど、どっちが上か下かなど、どうでもいいことではないですか」

なんかそれっぽいことを言うパヌ。

「何故《なぜ》ならば……どっちもミルクをかければ美味しくなるからです!」

そして何かわけのわからないことを言いだした。

「たとえばご覧ください! この濃く抽出したコーヒーに! 同じだけの量のミルクを混ぜます!

あと砂糖も！」

「うわあああああああッ!?　なんて量の砂糖を混ぜるんだあああああッ!?」

「これで苦いコーヒーがまろやかになって飲みやすい！　聖者様から教えていただいたこの飲み物の名は、カフェ・オレ！」

コーヒーとミルクを１：１で注いだ飲み物。

お好みで砂糖も入れてください。ってパヌは引く量の砂糖を入れたな。

「た……ッ、たしかに甘い砂糖とまろやかなミルクを入れた分、コーヒーの苦味が消えて飲みやすく……！」

「そして次は抹茶！　抹茶と砂糖とお湯を掻《か》き混ぜて、最後にやっぱりミルクを注ぐ！　そしてできたものが……抹茶ラテ！　基本的にカフェ・オレと同じ！」

ちなみにカフェ・ラテはエスプレッソとミルクを混ぜたものなので、普通のコーヒーとミルクを混ぜるカフェ・オレとはちょっと違う。

「こ、こっちも砂糖の甘さとミルクのまろやかさで抹茶の苦味をマイルドに……!?」

「さあ、こうしてミルクと砂糖を加えたものを、今一度試供してみましょう！」

再び農場の住民たちに配られるカフェ・オレと、抹茶ラテ。

その味は大好評。

「甘い！　飲みやすい！」

「さっきの苦いのとは全然違います!!」

「やっぱり甘くないと！　苦いのはダメです!!」

実に若者らしい感想。

しかしそれが真理だ。

「そんな……！　コーヒーは地上最強だと思っていたのに……！」

「苦いだけではダメなのか……!?」

その結果にショックを受けて崩れ落ちるエルロンとエドワードさん。

「いいえ、コーヒーも抹茶も素敵な飲み物。若い人たちも歳《とし》を経るごとにその良さに気づいていくことでしょう。それまでの間を埋めるのがミルク。ビターな大人の味をまろやかにし、どんな年代の方の口にでも合うようにする、それがミルク！」

ミルクをかければ大体何でも美味しくなる。

「砂糖を入れれば何でも甘くなる！」

そらそうだ。

「ミルクと砂糖の力を借りることによって、抹茶もコーヒーも老若男女どんな人でも美味しく飲めるようになる！　これこそがミルクの力！　万能飲料！」

「ミルク様は万能じゃあああ!!」

なんか崇《あが》め祀《まつ》られだしたパヌ。

コーヒーvsお茶。

今日の勝負の結果は、すべてに調和してまろやかにするミルクの勝利。

あと砂糖も。

＊　＊　＊

とりあえず、何でも砂糖とミルクぶっこんどけばイケるよ、という結論で落ち着いた。

しかし、ブラックや侘《わ》び茶のすべてが否定されたわけではない。

我が農場の中でも違いのわかる者たちが、コーヒーや抹茶単体でもその微妙な苦みやコク、香りを楽しむ者たちがたしかにいた。

誰かというとオークボやゴブ吉たちを始めとするオーク、ゴブリン軍団である。

もはや大人の貫禄《かんろく》を充分に備えた彼らは、ブラックコーヒーや茶室で点《た》てた抹茶のよさも充分に理解できる。

「けっこうなお手前で」

「香りがいいですな」

「ミディアムローストの細挽《ほそび》きで……」

となんか通っぽいことまで言うようになった。

「仕事の合間に飲むのがいいな」

「頭がスッキリして作業が捗《はかど》ります」

「働く者たちの頼もしい味方だぜ、お茶もコーヒーも」

カフェインで作業効率を上げることを覚えたようです。

「仕事は戦いだ、だが休息は欠かせない」

「今日も頑張ったね」

「オレも頑張ったよ」

「この農場を支える人を支えたい」

「農場は誰かの仕事で出来ている」

なんか缶コーヒーのＣＭみたいなことを言いだした。

まあ、この農場を主に支えているのはオーク、ゴブリンたちの仕事っぷりだから言う資格は充分にあるけれど。

コイツらなら缶コーヒーのＣＭにも出られるか。

異世界喫茶計画スタート

| Let's buy the land and cultivate in different world |

シャクスさんがまた来た。

魔族商人シャクスさんは、魔族の国の中で手広く売り買いするビジネスマン。

パンデモニウム商会という一大組織まで率いている凄い人だ。

そんな彼だが国の許可を貰ってちょくちょく俺の農場へやってくる。

何が目的だか知らないが、俺もちょうどいい来訪者に自慢してやりたくなる時もあったりするのだ。

「シャクスさん、ちょっと一杯飲んでいきませんか?」

「お、お酒ですかな? バッカス神がまた新作を生み出しましたか?」

この世界で『一杯』というと何よりまず酒が思い浮かぶようだ。

それもそのはず、この世界では嗜好品としての飲料が酒以外に存在しないのだから。

そんな世界で、こないだ作ったばかりのコーヒーを披露して、大いに驚かせる。

異世界で文明ギャップを見せつけ無双するのだ!

というわけでコーヒー豆を焙煎するところから始めます。一から。

ちょうどいい黒さになるまでローストしたら、コーヒーミル(ドワーフ製)に入れてゴリゴリ砕く。

粉状になるまで挽《ひ》いたら、フィルターにガーッてぶち込みお湯をブァーッかけてコーヒーを抽出するぜ。

ちなみにこっちの世界に紙製のコーヒーフィルターなんて便利なものはないから昔ながらの布フィルターを拵《こしら》えた。

金剛絹製だ。心なしかいい味が出るような気がする。

それらをまたドワーフ謹製の銅マグカップに入れて、さあお飲み。

異世界コーヒーだよ。

「ほう、また聖者様は見たこともないようなものを見せてくださいますな……！」

さすがのシャクスさんも、コーヒーは初見であるらしい。

俺もこっちの世界に来てそろそろ長くなるので知っているが、この世界には嗜好品としての飲み物が酒以外にない!!

よってコーヒーブレイクとかティータイムとかも存在しないのだ！

「何と真っ黒な……!?　泥水でもここまで徹底的に黒くはならぬでしょうが、これは人が口にしてよいものですか？」

シャクスさんも慎重にカップへ口を近づけ、ほんの一すすりした途端くしゃっとした表情になった。

「これは……その……大変よいお手前と申しますか……！」

「無理しなくてもいいですよシャクスさん」

苦いですよね？

ストレートのブラックコーヒー超苦いですよね？

深煎りで細挽《ほそび》きにもしたし。

「慣れればこの苦さも癖になってくるんですが……。砂糖とミルクをたっぷり混ぜましょう。それで大分まろやかになりますから」

「ほう……」

ミルクを注ぐと例の白黒の渦巻きができて何とも見た目的にビビッド。

さらにそこへ砂糖を一匙《ひとさじ》ザー、ザー、ザー、ザー、ザー、ザー、ザー、ザー、ザー、ザーと入れて……。

「……入れすぎじゃない？」

「なるほど！　これは美味《おい》しい！　聖者様がお勧めになるのもわかりますな！」

それもうほとんど砂糖の味ではないだろうか？

飲み終わったカップの底に砂糖がごってり残ってそう。

「それに心なしか……意識がハッキリしてきた気がします!!　実は昨日、取引先との交渉が長引いたせいで床に入るのが大分遅くなりましてな。ほとんど眠れず眠気を引きずっていたのですが、それが一気に吹き飛びましたぞ！」

「それはコーヒーの効果ですね」

言わずと知れたカフェインの作用だ。

コーヒーの中に含まれたカフェイン成分が覚醒、興奮作用をもたらし意識をクリアにする。

この効力を期待してコーヒー摂取する人だっているんだからカフェインは偉大だろう。でも取りすぎには充分注意してくださいね。

「なんという！　眠気を一気に取り払うなど、まるで霊薬のようではありませんか！　魔国で昼夜を問わず働き詰めの紳士諸兄が求め詰めかけること確実ですぞ！」

まずはそこに着目するのかー。

俺が元いた世界でもコーヒーやお茶ってまず薬として広まったと聞くから、それが自然な流れだよな。

「聖者様！　是非ともこのコーヒーを我が商会で扱わせていただきたい！　眠気覚ましの妙薬として大流行することでしょう！」

『良薬口に苦し』と言いますもんね。

でも違う。

疲れた時の意識覚醒としてしかコーヒーを用いないなら、まるでブラック企業のようではないか。

コーヒーは、もっと豊かな時間を人に与えるもののはずだ。

日々の忙しさの狭間《はざま》で、ちょっとした休憩の時間に取る一杯のコーヒー。立ち止まって考えるその一時に意識を冴《さ》えわたらせる苦味。

歳《とし》を経て慣れてくれれば逆にその苦味が落ち着きを与える。

そんなダンディな飲み物がコーヒーであるはずだ。

「俺はコーヒーを嗜好品として広めていきたい!!」

「そ、そうですか……!?」

「もう一杯飲みます?」

「いただきましょう」

俺のテンションに戸惑い気味なシャクスさん。

シャクスさんも、相当にダンディな人だから、こうして飲み続けさせればコーヒーのよさを理解してくれるはずだ!

「いいですなコーヒー、是非とも嗜好品として売り出していきましょう」

「ありがとうございます!」

通じた。

さすがパンデモニウム商会長シャクスさん、違いのわかる男!

「しかし、薬として売り出さずにいるなら、どのようにして売っていけばいいのでしょうか? 不《ふ》甲《が》斐《い》ないことですが吾輩《わがはい》にはまったくビジョンが見えてきません」

「それならば大丈夫」

俺にいい考えがあります。

「喫茶店を開くのです!」

「きっちゃてん!?」

いや『きっさてん』。

どうやってそんな間違え方をした？

「喫茶店とは、お茶を飲むために利用するお店！　そしてここに置ける『お茶』とはコーヒーのことも含まれます！」

「な、なるほど!?」

「足が疲れた時、一服したい時、折り入った話をしたい時など、喫茶店は心地よい時間と空間を利用する人に提供する！　もちろんコーヒーも！　喫茶店こそ、この世界に新たに提供すべき文化なのです！」

力説する俺。

そんな俺のことを遠目から観察する二人がいた。

プラティとヴィールだ。

「…………ご主人様は、なんであんなにヒートメタルになっているのだ？」

「コーヒーのせいでしょう？　旦那様ってあの黒苦い飲み物になると目の色変わるのよね。普段は自分で作ったものあそこまで率先して外に広めたりしないのに」

「あの羽女やお姫様と同じなのだ。豆には人を熱狂させる魔性があるのだー」

レタスレートやホルコスフォンのような豆キチどもと一緒にするな。

たしかにコーヒーも豆を原料としているが、俺はあのコンビほど行き過ぎた豆偏愛を持っているわけではない。

俺はただ純粋に、世界の多くの人々にコーヒーのよさを知ってほしいだけなのだ！

ちなみに豆のことになると人一倍煩《うるさ》いレタスレートも何故《なぜ》かコーヒーにはノータッチだった。

納豆特化のホルコスフォンはまだわかるが、レタスレート的にも豆の原形を留《とど》めないコーヒーはもはや守備範囲外なのだろうか。

豆乳はしっかり自分のカテゴリに入れているのに。

「というわけでシャクスさん！　この世界で喫茶店を開くことに協力してもらえませんか!?」

「いや、その……!?」

「コーヒーは、きっとこの世界でも天下をとれる飲み物なんです！　新たなるこの世界でコーヒーがどこまで通じるか試してみたい！」

そのための喫茶店です！

……さて。

ここまで来て疑問に思われる方が出てくるかもしれない。

『コーヒーばかり意識して、お茶にまったくかまわないのは不公平じゃないか？』と。

コーヒーもお茶も開発時期がまったく同じだから、そう思われても仕方がない。

しかし俺がコーヒーばかりプッシュして、お茶をおざなりにしたのには、ちゃんと真っ当な理由あってのことだ。

そう、お茶のプレゼン担当はもう決まっているのだから。

コーヒーと喫茶店のことはひとまず置いておいて……。

シャクスさんを例の場所に案内した。

「ここが茶室となっております」

「おおおおおおッッ!?　なんだコレええええええええッッ!?」

さすがにシャクスさんの驚きようが尋常ではない。

建物拵えるところから始めてるんだから当然か。

「ようこそお越しくださった」

茶室の戸を開けて出てくる和服姿のエルロン。

「本日は、私が達した新しい世界をご覧いただこう。茶碗《ちゃわん》とは茶を飲むためのもの。その茶と出会い、新たなる段階へと上った私の技は茶碗の外へと溢《あふ》れ出したのだ！」

そう。

元々陶器作りに熱中していたエルロンが俺以上にお茶にはまったので、すっかりお茶はエルロン担当みたいになってしまった。

向こうのプレゼンはエルロンに全面的に任せておけばよかろう。というか下手に口を挟むと怒られかねないエルロンの剣幕。

こうして今日の訪問で二度も濃いプレゼンを受けるシャクスさんこそお疲れ様であった。

あとで濃厚に淹《い》れたコーヒーを振舞って疲れを癒してあげよう。

ちょうどドワーフさんにエスプレッソマシンを開発してもらったところだしな。

浸食するコーヒー

Let's buy the land and cultivate in different world

吾輩はシャクス。

パンデモニウム商会の長である。

今日は何やら疲れる訪問であった。

農場に住む聖者様は、我々にはない貴重な知識をたくさん有しており、それがビジネスチャンスに繋がることは多々ある。

ここできるだけ間が空かぬように足しげく訪問しているのだが、今回は逆に聖者様の方から売り込みを受けた。

珍しいことだ。

普段はこっちから頭を地面に叩きつけて頼み込み、先方があまり乗り気でないのを説き伏せて商売の許可を得るというのに。

今回はあっちから提案してきた。

しかもけっこう推しが強火。

この不思議な飲み物『こーひー』とやらを広めるのに情熱を燃やしているようだ聖者様は。

その本気ぶりを示す一例として、今回お土産にコーヒー作製セットを頂いてしまった。

主原料であるコーヒー豆(焙煎済み)は無論のこと……。

そのコーヒー豆を粉状に砕き潰すミル。

お湯で漉《こ》しとるためのフィルター。

コーヒーを淹《い》れる専用のヤカン。

そしてカップ。

至れり尽くせりすぎる。

コーヒーの何が聖者様をここまで駆り立てるのだろうか?

見立てでは欲の薄い人だと感じていたのに。

まあしかし折角だから、自分でもコーヒーを淹れてみるとするか。

やり方は聖者様にみっちりと教わったことだし……。

ミルで豆砕くのけっこう力がいるなあ。

粉状にまで細かくなったものをフィルタに入れて、お湯を注ぐとコーヒー粉が膨らむのが面白い。

一杯分注ぎ終えて……吾輩はまだ初心者なので砂糖をたくさん入れて……。

……うん、美味《うま》い。

味がいいのはたしかなんだ。聖者様が強く推したがるのもわかるし、吾輩も歴戦商人としてこれは金になる商品だと確信できる。

それに覚醒作用があるのが強みだ。

日々の仕事に疲れる者たちが一時でも疲労を忘れるためならコーヒーは飛ぶように売れていくだろうが……。

……あッ、しまった。

寝る直前にコーヒー飲んじゃった。

案の定、その晩はベッドに入ってもなかなか寝付けなかった。

やっと眠気が来た辺りでカーテンの隙間から朝日が差し込んでいたように思える。

そんなわけであんまり眠れずふらつく頭をコーヒーで無理やり覚醒させ、なんか悪循環を作りつつ、今日はある人物との会合を持った。

居酒屋ギルドを仕切るギルドマスター、サミジュラだ。

彼とは少年時代に同じ店での丁稚《でっち》奉公を経験し、苦楽を共にした仲ではあるが長い間疎遠であった。

彼との親交が取り戻せたのも聖者様のおかげであったな。

だからこうしてアポを取れれば普通に会えるようになった。

「それで今日は何の用だい？」

居酒屋ギルドマスターの貫禄《かんろく》たっぷりに、大柄な体格となったサミジュラ。

吾輩など、何故《なぜ》か偉くなるたび痩せていくので面と向かうと圧倒される。

「こんな年になってまた昔のような仲を取り戻せたオレたちだけどよ。まさか遊びに来たってわけじゃねえだろう？　今はお互い立場ってのがあるんだからな」

「当然です。アナタはギルドマスターで吾輩は商会長。この二者が向き合えば商売抜きに済ますことはできません」

それは相手も承知の上で、裸一貫から魔都最大手の酒場数軒を切り盛りする剛腕の商売人。

友だち気分で馴《な》れ馴《な》れしくしていたら、どんなしっぺ返しを貰《もら》うかわからない。

「とはいえウチに割り食わせる話はゴメンだぜ。大資本の商会様は、いつでも零細は無造作に蹴飛ばすものだと思ってるからなあ」

「僻《ひが》みっぽいのは相変わらずですね。しかし商会とて顔色を窺《うかが》わねばならない相手はたくさんいますよ。今回はそういう御方《おかた》からの打診です」

「そりゃあ大物だな。どちら様だい？　ひょっとして魔王様かい？」

魔王様ももちろん最大限に顔色を窺わねばならない相手だが、言ってくることの予測がつく分、対応しやすい相手でもある。

対して今回の相手は、突拍子もないことしか言ってこないから厄介でしかない。今まであの御方の言うことやること予想できたことが一回もない。

「そうか、聖者様か。……そりゃ厄介だな……」

「ええ」

「あとで聞いたが、あのバッカス様の居酒屋もバックには聖者様がついてたって話じゃねえか。そんな人の持ってくる話なら、そりゃさすがの商会長様といえど持て余すだろう。どれ一つ、このオレが手を貸してやろうじゃねえか。何でも言ってみな？」

こういう時だけ得意げになりやがって。

まあいい、彼が協力してくれるというなら。

聖者様から提案を受けた『キッサテーン』なる店舗は、話を聞いてみた限り『難しい』というのが吾輩の商人としての直感だ。

何故かというと、そういう形態のお店がこれまで魔都には一軒もなかったから。

正確には、アルコールでもない飲み物を提供し、それだけを売り物として成立するお店が。

無論魔都にも飲食店は昔から数限りなく点在しているが、その大半は食事をメインに提供するお店だ。

腹を膨らませるための。

そうでないなら酒を飲むためのお店だ。

酔って楽しい気分になるための。

その両方に属さず、メシも出さない酒も出さないで飲食店を名乗るなど『バカじゃねーの』とか言われないと思う。

これまで幾度もの常識を覆した聖者様の考案物であるが、やはり適切な売り出し方でないと最大限の効果は見込めない。

コーヒーも、まずは覚醒効果に着目し、妙薬として売り出せば大ヒット間違いない。

しかしまだ認知も得ていない非アルコールの飲み物を頼りに店そのものを売り出すのは高リスクだと思えるのだ。

その点サミジュラは飲食業界の頂点に立つ者。

彼の意見は有益だと思い、こうして場を設けてみたのだが……。

「なるほどな……、とにかくまずは、そのコーヒーとやらを試飲させてもらおうじゃないか。それなくして話は始まらねえ」

お？

飲むか？

今までしたこともない体験をしてみるか？

そう言うと思って道具一式は持ち込んでおいたのだよ。コーヒー豆も無論な。

お湯だけはそちらで用意してもらおうか。

「お前もゴリッゴリにハマッてない？」

そんなことはありませんよ？

一商人として、これから富を生み出しそうな有望商材を徹底して研究しているというだけです。

ところで最高に美味《おい》しいコーヒーを味わうためには、カップを先んじて温めておいた方がよさそうですな。

そうすることでカップに移す際コーヒー自体の温度が下がるのを防げるわけです。

「滅茶苦茶《めちゃくちゃ》研究してない？」

「これくらい一般教養の範囲ですよ」

「うぜぇ！」

さあ淹れましたよコーヒーを。

共に味わおうではありませんか。

「ほーう、これがコーヒーか？　ビックリするほど真っ黒じゃの？」

「初心者は無理せずミルクや砂糖で味を調えるのがお勧めですよ？　吾輩はもうブラックで飲めますが！」

「うぜぇ!!」

そして一旦沈黙して、ひたむきにコーヒーを味わう。

旨し。

コーヒー旨し。

「なるほどビックリするような苦さだのう。しかしその中に微《かす》かにフルーティな甘みもある。なかなかに複雑な味わいだ」

コイツ一口で知った風な口をききやがって！

「酒飲みを舐《な》めるなよ？　アルコールが混じってない分こっちの方が鋭敏に舌が働くぜ。たしかに今までに味わったことのない種類の味で目新しさはある。しかしアルコールがないのがネックだなあ」

「やはり……！」

やはり飲食で扱おうとするならお酒でないと話にならないということか？

だよなあ。

正直言って魔都では、酒以外の飲料にお金を払うという概念そのものがない。

そんな中でコーヒーをメインとした『キッサテーン』は討ち死にの可能性が大……！

「それはそれとして、このコーヒーという飲み物自体は美味しいな」

「そうなんですよね……」

「カクテルにするとさらに美味しくなるんではないか？　蒸留酒辺りがいいかも」

おお、酒飲みが早速コーヒーに酒を混ぜることを思いついた。

「ちょうどよくいいブランデーが家にある。小間使いに持ってこさせよう」

「いいな！　つまみなどもあるとより美味しくなるのではないか!?」

「この苦さなら甘味と大層合うことだろうよ！　コーヒー自体も相当な味の濃さだから、合わせるものも主張を強くしても負けん！　これは相当に面白くなってきたぞ！」

「研究のし甲斐《がい》がありますな！」

こんな感じで、あとは商売そっちのけで『どうしたらコーヒーをより美味しく楽しめるか』で盛り上がるだけの日になった。

大の男が向かい合って何してるんだ？　とも思ったが、これはこれで楽しかった。

冬が去り……。

春となった。

明けない冬はなく、季節が巡るのも停滞などない。

だから俺の農場でも、こうして再び春が訪れたのだが、そうなるってーと我が農場の春ならではの風物詩があります。

「ふっかつ、ですーッ！」

「はっしん、ですーッ！」

「ていく・おふ、ですーッ！」

「ていく・あうと、ですーッ！」

謎の掛け声と共に土中から飛び出してくる、謎の小型物体。

いや、それは生命体であった。

割と小さな……せいぜい中型犬程度の身の丈、そして総身の印象は可愛《かわい》い溌剌《はつらつ》な女の子。

そんな子たちが複数、クレイモア地雷みたいに地面から空中へと飛び出しバラ撒《ま》かれてくる。

そう彼女らは……。

「大地の精霊！」

「春といっしょに、こんにちわですー!!」

春になってまず再会するのが、この子たち。

大地の精霊。

自然の運行を維持するための霊的存在だが、ここ農場では神の加護やらなんちゃらのおかげで実体化して、こうして顔を合わせることができるのだった。

冬の間は、自然のエネルギーが薄まり停滞するので地中に潜って休眠している。

そして春になると再び出現するのだ。

大地の精霊たちとの再会は、春の楽しみの一つでもある。

「聖者様おひさしぶりですー!」

「お久しぶりぶりざえもんですー!」

「今年もいっしょうけんめーはたらくのですー!」

「はたらかざるもの、死ぬのですー!」

「ごぶさたーんですー!!」

今年もまた熱意がほとばしりすぎて制御できない感じになっている。

まあ、いつものことか。

農場の春は、こうやって賑《にぎ》やかな始まりを告げるのだ、毎年。

「まあまあ、お仕事を始める前に、こうして一冬越しの再会を果たしたんだ。一つ景気づけといこうじゃないか」

「わー」「なんですなんです？」「楽しいことなら、だいかんげーですー！」

『景気づけ』といういかにも浮かれたワードに大地の精霊たちも興味津々。

「美味《おい》しいジュースで乾杯だー！」

「「「「わきゃ――――ッ!!」」」」

色とりどりの液体が並べられる。

オレンジジュース、アップルジュース、ぶどうジュース、バナナジュース、パイナップルジュース、ドリアンジュース。

我が農場で取れた果実をミキサーで粉砕し、液体状にした栄養満点のフルーツジュースだ！

そしてジュースといえば子どもが大好きなものの一つ。

このもてなしを起き抜けに受けた大地の精霊たちは随喜の極みに達していた。

「うれしーですー！　ジュース甘くて美味しいですー！」

「起き抜けのいっぱいにサイコーですーッ！」

「さすが聖者様は気が利いてるですー！」

大地の精霊たち、次々とジュースの入ったグラスをとって全員に行き渡す。

「それでは、乾杯！」

俺の音頭と共に、グラスを高々掲げる大地の精霊たち。

「かんぱいですーッ！」

「ぷろーじっとですーッ！」

「てぃんてぃんですーッ！」

そしておもむろに杯を呷《あお》り、全員示し合わせたように一滴残らず一気に飲み干す。

「うめーですッ！」

「このいっぱいのために生きてるですー！」

「このまろやかな甘味ですーッ！」

「すきとおる酸味ですーッ！」

「とうとみですーッ！」

「やさしみですーッ！」

うむうむ、満足してくれたようで何よりだ。

「それでは次に、これを飲んでみてくれたまえ」

「おかわりあるです!?」

「聖者様はきがきくですーッ!!」

大地の精霊たちはまだまだ痛飲できるとわかって大盛り上がり。

冬眠から目覚めてすぐにこんな歓待を受けて、ボルテージマックスであった。

「さあ、二杯目を飲んでくれたまえ！」

そう言って差し出されたのは……。

コーヒーだった。

「これなんですー？」

「まっくろですー？」

「ほっとですー？」

初めて見る得体の知れない飲み物に、大地の精霊たちは戸惑いを覚えつつも恐る恐る一舐《ひとな》め……。

すると途端に顔色が変わった。

まるで柑橘類《かんきつるい》の匂いを嗅がされた猫のように顔を顰《しか》めて……。

「にげーですーッ!?」

「くっそにげーですーッ!?」

「ひとののむものじゃねーですーッ!?」

とクレームの大合唱であった。

そんなッ!?

「……これでわかったでしょう聖者様……！」

と背後から声をかけてくるのは魔族商人のシャクスさん。

この一連の流れは、彼が提案して仕組んだものだ。

「コーヒーは、たしかに慣れればなれるほど味わいを増す飲料ですが、いかんせん刺激が強すぎます。そしてそれは感覚の瑞々《みずみず》しい子どもほど顕著です」

それをわざわざ実演するために大地の精霊たちにコーヒーを飲ませたというのか!?

この卑劣漢!!

コーヒーの苦味につばぺっぺする大地の精霊たちを放置しておくのは可哀想《かわいそう》なので、再びフルーツジュースを配布して中和を図る。

「このあじですー」

「尊みですー」

「優しみですー」

フルーツの爽やかな甘味やらでコーヒーの苦味を洗い流せた大地の精霊、ひとまず落ち着く。

「聖者様はコーヒーをメインに据えた喫茶店なる店舗の開業をお考えですが、一筋縄ではいきませんぞ。まず魔都の人々は、酒以外の飲料にお金を出すという発想がありません」

懇々と理詰めで諭される。

「やるのであれば、何より酒との区別が不可避です。アルコールなし、酔えはしないが、それに代わる価値がある……ということをアピールしなければとても魔都の飲食業界で生き残っていくことはできません。そこで……！」

続けるシャクスさん。

「吾輩《わがはい》が打ち出した案は、ファミリー向けに的を絞る、ということです」

「ファミリー向け!?」

「酒は、子どもには飲めない。なので酒場は自然家族連れの訪れる場所ではなくなっています。その代わりに一家が憩いの場所としてくつろげるスペースを喫茶店が提供できれば……。というサミジュラと話し合って出た結論です」

なるほど……。

実際、元いた世界の喫茶店にも子ども向けのメニューはあるもんな……！

「しかし御覧の通り、子どもの舌にコーヒーは苦すぎます！　コーヒーだけでは喫茶店を開店しても、子連れは寄りついてはくれないでしょう!!」

「それを証明するために、大地の精霊たちにコーヒーを飲ませたというのか!?」

なんと言う実証主義……！

そしてそのためには可愛い精霊たちににがにがぺっぺさせるのも厭《いと》わない冷徹非情さ。

これが生き馬の目を抜く大商人なのか……！

「はーい、残ったコーヒーにたくさんミルクを入れてカフェオレにしましたからねー」

その横ではパヌが、受け入れられなかったコーヒーの後処理に尽力していた。

「おいしーですー！」

「みるくたっぷりですー！」

「おとなのあじですー！」

そして大地の精霊たちは喜んでカフェオレをきこしめしていた。

んッ？

「吾輩も商人として、リスクのある話には乗れません。もし聖者様がそれでも喫茶店を開きたいとお考えなら家族連れでも楽しんでもらえる。特に子ども向けの妙案を用意していただかねば……」

「できらあ！」

俺は即答した。

「できるとも！　子どもが大喜びの喫茶店メニューを作ってみせるさ！　この俺がな！」

「では作っていただきましょう。子どもが大喜びする喫茶店メニューを」

えッ!?

子どもが大喜びする喫茶店メニューを!?

というわけでなんか変な流れ的に、喫茶店用の新メニューを考案することになった俺。

まあ、お店を開くからにはコーヒー以外のメニューもあった方がいいだろうしね。

「かふぇおれ、おかわりですー！」

「みるくのやさしさに包まれるのですー！」

「やさしみですー！」

「とうとみですー！」

結局カフェオレにしたら大地の精霊たちにも大盛況だった。

やはりミルク。

ミルクはすべてを解決するのか。

とまあ、異世界喫茶店計画は着々と進んでいますが……。

今回そちらはお休みして一旦、別のことを行いたいと思います。

春がやってきて真っ先にやりたかったこと、それは……。

「花見……!!」

日本人ならお馴染《なじ》みですね？

春に桜を眺め、咲き誇る花の美しさ、自然の旺盛なる生命力、巡る季節の諸行無常、そしてお酒とご馳走《ちそう》。

それらを一緒くたにして楽しむ最強の行楽行事ですよ。

これまではできなかった。

大々的には。

花見をやるためには必要不可欠なものがあってそれが花。

特に桜の花。

こちらの世界には基本的に桜の木自体がなく、必然的に前の世界そのままの花見は実行不可能であった。

まあ『至高の担い手』で生やした桜の木はあったけど小規模なのでな。

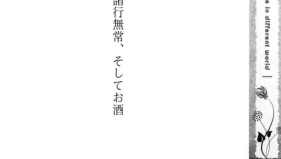

とても桜の名所並の圧倒的なまでの満開風情は出なかった。

それで去年一昨年まではイベント的な花見は見送りにしてきたんだけれど、今年はついに花見を敢行しようと思う。

大々的に。

何故《なぜ》か。

今年からは我が農場に、大きな桜の木が鎮座ましましているからだ！

世界桜樹。

去年プラティのおねだりを聞き入れて試行錯誤を繰り返した結果。我が農場に根付いた世界樹。

同時に桜の木でもある。

世界樹はこの世に何本とない貴重な樹木で、とても大きい。

天まで届くかというぐらいだ。

去年の段階でも充分大きかったが、冬を越えてまた成長した。

いつの間にか。

そして桜の木でもあるから、春になれば花も咲く。

世界桜樹がウチに根付いてからの最初の春。

満を持して桜の世界樹は枝中に蕾《つぼみ》を付け、花開く時を今や遅しと待ちわびている。

世界を支えんばかりの世界樹が、全力で桜の花を咲かせようものなら、たとえ一本でも数百本分の華やかさになることは間違いあるまい。

今ここに、異世界農場での最強花見大会が開催されるのだ!!

「……ということでお願いしまーす」

「「「「まかせるのですー!!」」」」

ここで出番が大地の精霊たち。

春の訪れで活動再開したばかりの彼女らが『何故ここで出番?』という声もあるだろう。

俺もそう思う。

しかしなんか『まかせるですー!』と言ってきたので任せることにした。

根拠はない。

「木々はだいちのおともだちですー!」

「あたしたちのともだちですー!」

などとほざきながら、何十人という膨大な数で世界桜樹を取り囲む。

実体化した大地の精霊の数はいまだ正確に把握されていない。

世界桜樹を中心にぐるりと輪になり、踊ったり拝んだり。

なんか南太平洋的な雰囲気だ。

「おおいなるきよー」

「あたしたちのねがいを聞きとどけたまえですー」

「はらいたまえーきよめたまえー」

なんか祈り出した。

「あたしたちが、とーみんちゅーに溜《た》めてきたぱわーをー……」

「せかいじゅさんにあげるですー……」

「それでたくさんさくのですー……」

大地の精霊たちから立ち上る霊気的なものが、世界桜樹へと吸い寄せられて。

「みんなの希望を枝葉に乗せて！」

「咲けよ正義の枯れ尾花！」

「笑顔を守って未来へ届け！」

「お目付け桜がただ今推参！」

なんか昔のヒーローみたいな口上述べ出した？

そして最後に凄《すさ》まじいパワーがこもって……。

「満！」「開！」

大地の精霊たちのパワーを受け取った世界桜樹は、その力でもって蕾を一斉に開かせて、一気に十分咲きへと花開く。

凄まじい開花の勢い。

きっと自然に任せてもここまで見事な光景にはならなかったであろう。

大地の精霊たちが、地の使いであるだけに親和性の高いエネルギーを世界桜樹に送り込んだことで、最大限以上の開花が実現したのだ。

桜の花は、世界樹の枝ぶり範囲よりもずっと外まで広がり、桜色が天を覆い尽くすかのようだ。

こんな絶景、前の世界でも見たことなかったぜ。

「せいこーですーッ！」

「おっけーですーッ！」

「やったぜ狂い咲きですーッ！」

一仕事成し遂げた大地の精霊たちも満足げだ。

冬眠明け早々、大した働きをしてくれた大地の精霊たちを抱き上げてねぎらった。

「わーい、ですー！」

「たかいたかいですー！」

さあ、桜側の準備も整ったところで早速花見大会を開始だ！

今年は身内だけでやろうという感じで農場住民が全員参加。

それでもかなり大した規模だが、それをすべてスッポリ収めてしまえるほどに世界桜樹の満開ぶりは巨大だ。

ありったけの料理を用意し、ありったけの酒をバッカスに用意させて、世界桜樹の下に集合だぜ。

「えー、本日は忙しい中お集まりいただきありがとうございます」

通り一遍の挨拶から始まる。

中略。

「というわけで今日は存分に花を愛《め》で、飲んで楽しみましょう。乾杯！」

「「「「「乾杯!!」」」」」

こうして我が農場の無礼講花見大会の火ぶたが切って落とされた。

愛妻プラティは二人目を宿し、お腹《なか》を順調に大きくさせながらも今日は花見を楽しんでいる。

「お酒はダメだよ？　お腹の子に悪いからね？」

「わかってるわよ旦那様は心配しょうね。じゃあ代わりにコーヒーでも……」

「カフェインもダメえええええッ!?」

妊娠中は何かと大変だな女の人って。

そして第一子ジュニアは、母親に代わって彼のことを可愛《かわい》がるドラゴン、ヴィールに抱きかかえられております。

「よしジュニアよ！　この満開の花をてっぺんから見下ろすのだー!!」

と言ってヴィール、ジュニアを抱えたまま天空へと急上昇。

人間形態でも飛べるんだなアイツ。万能なドラゴンなら当たり前か。

「ジュニアも当たり前のようにヴィールに懐いているな……!?」

アイツに抱きかかえられても、天空高く舞い上がろうとも泣き声一つ上げない。

むしろ興味深げに周囲を舞う桜の花びらを視線で追いかける。

ヒトによってはあの高度に上がっただけでも恐ろしくてちびりそうなんだが。

「よーしもっと高く飛ぶのだー！　世界樹より上まで行くぞー！」

と言って桜の花生い茂る中へと突っ込んでいった。

まるで桜の雲海へ飛び込んでいくかのようだな。

ジュニアはしばらくヴィールに任せておくとして、俺は各住民たちの様子を見て回ることにしよう。

『聖者様、お招きいただきかたじけない』

当然先生も来ていただいた。

もはや完全な身内だからな。

『しかしこの樹《き》の生命力には圧倒されますな。冬の間は枯れ木であったのに春が来た途端ここまで豪勢に花咲かせるとは。ワシも見習えば今からでもこれくらいに咲き乱れますかのう』

た、たしかにノーライフキングの肉体は枯れ木のように干からびていますが……!?

『枯れ木に花を咲かせましょう』的なノリで花がたくさん咲くノーライフキング?

それはそれで独特のラスボス感が……!?

オークボ、ゴブ吉を始めとしたモンスター勢も、今日はゆったり花を肴《さかな》に盃《さかずき》を酌み交わしている。

相変わらずああいう渋い様が絵になる彼らだ。

『生まれた日は違えども、同じ日に死ぬことを欲す』とか言い出しそう。

あれは桜じゃなく桃の花だけども。

さらにエルフどもはやたらと騒がしかった。

「ぎゃー！　こんな素晴らしい風景が！　この風景を作品のアイデアにいいいいッ!!」

「煩《うるさ》いですよエルロン頭目！　私だってこの桜吹雪から新作のヒントを得ようとしているんです！」

こぞって満開の桜に芸術的インスピレーションを触発され、神懸り状態になっていた。

最近とみにそれぞれの担当する工芸にのめり込んでいるエルフたちだから、その姿はちょっと一笑に付すことができなかった。

鬼気迫っていて。

「この舞い散る桜の花びらを生地の柄に取り入れればあああああッ!?」

バティまで桜に魅入られていた。

我が農場で美術系を担当する者どもが悉《ことごと》く……やはり桜の美しさには魔力が宿っているのだろうか?

しかし、桜の魔力に囚《とら》われているのは美術センス豊かな者たちだけではない。

『にゃー!! 花びらを! 花びらを追うのがやめられないにゃー!!』

ノーライフキングの博士。

もしくはただの猫。

猫としての狩猟本能を刺激され、舞い落ちる花びらの空気抵抗を受けてヒラヒラする独特の軌道を無視することができず飛びつく。

「花びらは数え切れないほどあるから無限に続くにゃー! 誰かこの終わりなきループから救い出してほしいにゃー!!」

そして一方、ポチは鼻先に留まった花びらムズムズしてクシュンとくしゃみを放っていた。

それぞれの様々なやりようで花見を楽しんでいる。

こうして花見も充分楽しんだところで再び困難に挑戦していこう。

子ども受けする喫茶店メニューの開発だ！

コーヒーを世に広めるために、喫茶店を異世界で開業するために。

家族が皆で訪れたくなるようなメニューが必要なんですって。

で、どうしようか？

前の世界にいた時の記憶と照合すれば、適切なものを探し求めるのに苦労はないと思う。

喫茶店にあるようなメニューで、子どもが好みそうなものでしょう？

色々あるじゃないか。

たとえばホットケーキ。

絶対子ども大好き。

砂糖ガン混ぜした小麦粉で生地つくって焼く。

ただそれだけなのにどうしてあんな、ふんわりもっちりの舌触りになるんでしょう。

粉もので意外にどっしり腹にも溜《た》まるから喫茶店に置かれる。

そして何よりホットケーキは既にこっちで作ったことがある。

材料も揃《そろ》っているし、プラティやヴィールが食べたがるから定期的に作っていて慣れたものよ。

そうした手軽さもホットケーキの有利な点でもある。

そうした様々な優良点を加味した結果……。

よし、シャクスさんから出されたお題には、ホットケーキでファイナルアンサー！

「いや待て……！」

答えを出すには早計ではないか？

いかにすべての条件を満たした無敵のメニュー、ホットケーキといえど……。

その完璧さがむしろ欠点になったりしないか？

「……またなんか面倒くさいこと考えているわね旦那様？」

そんなことないよプラティ？

とにかく、そんな完璧すぎるホットケーキだからこそ無難というか、安パイ感が出すぎていて、こうした出し物に不可欠のサプライズ性が失われたりしないだろうか？

「そもそもホットケーキは喫茶店以外にもありそうだしな」

ご家庭スイーツとしても王者の座にあるホットケーキ。

『喫茶店を代表する』という趣旨からは外れるかもしれない。

そして何より前に作ったことがあるから目新しさに欠けるというか……。

まあ、メニューに加えるとしても他にあともう一品欲しいな、という気がする。

それこそ喫茶店でしか味わえない、かつ子どもが大好きそうなメニュー。

そんなものがあるだろうか？

うーん。

うーん？

う――――――ん……。

こうして記憶の底をドブ浚《さら》いし続けること数分……。

「あ」

思い当たった。

己自身が子どもの頃に喫茶店で出会った、輝く緑色の記憶……。

「クリームソーダだ！」

子どもが大好き。

喫茶店でしか味わえない。

この二つの条件を取り揃えるのに、これ以上適したものはあるまいよ。

炭酸で、鮮やかな緑色で、アイスクリームが乗っている！

子どもが喜びそうな要素をこれでもかと詰め込んだ、究極の子ども向け飲料。

しかしながら常温で保存不可のアイスと、液体であるメロンソーダを合わせるというアンバランスさから保存性は極めて悪く市販品としてスーパーとかに並ぶこともない。

かといってドリンクとしてもフードとしても微妙な立ち位置だから一般的な食事処《どころ》で扱われることもなく、同じように中途半端な立ち位置の喫茶店でこそしっくりくるメニュー！

まさに今俺が求めているメニューではないか！

よし、今回の目標は決まったぞ！

俺はこの異世界でクリームソーダを開発して見せる！

『コーヒーを広める』という当初の目的からいささか外れている気がしないでもないけれども……。

細かいことには気にせず突き進むのだ！

＊　＊　＊

しかしながら異世界クリームソーダ作り。

かなりの困難が予想される。

なんと言ってもまずクリームソーダはソーダでなくてはいけない。

ソーダと言ったら炭酸飲料。

飲めばシュワシュワッと口内で弾《はじ》けるアレ。

あれをこっちの世界でどう再現したらいいやら？

ああいうのって、どういう風にして作ってたんだろうか？　工業的な匂いがしてきて鬼門っぽい。

異世界においては。

作るのに何か特別な機械とか薬品とかがあったら、科学的な下地のないこっちの世界ではお手上げだ。

まあ理屈が伴わなくても、いよいよとなったら『至高の担い手』さえ使えば単なる水からボコボコ泡が噴き出すんだろうけどな。

しかし今回は、農場の外で売り出すことを目的としているから『至高の担い手』に頼り切るにも限度がある。

個人で楽しむ分にはいいんだけどな。

農場から遥《はる》か離れた魔都で、俺以外の人たちに扱わせて安定供給できる仕組みにならないとダメだ。

ということで炭酸飲料の炭酸が入る工程を今少し探究していこう。

なんか巷《ちまた》では炭酸水が作れる機械とやらが家電売り場にあった気がするが、どういうメカニズムになっているのかとんと知見がない。

まあ、あったところで家電量販店もないこっちの世界では手も足も出ないんだが。

ヒントぐらいになるかと思ったが無理だったな。

あるいは炭酸水は、炭酸水というジャンルのミネラルウォーターとしてその辺から湧き出てくる
……という話も聞いたことがある。

正直、俺は『ホントかよ!?』と眉唾感を拭い切れないんだが。本当に炭酸水って井戸掘りよろしく地面を掘り進んで運がよかったら湧き出てくるもんなの？

こうして考えれば考えるほど謎めいた存在だ、炭酸水。

前の世界にいた時は何も考えずにサイダーやらコーラやらガバガバ飲んでたんだが、俺は文明におんぶにだっこで凄《すさ》まじいものの恩恵にあずかってたんだなと今さらながら思う。

そして俺は今、そうした文明の加護から離れて自分一人の知恵と霊感で炭酸飲料を再現しないといけないわけだ。

機械もなく、化学薬品もない。

そんなファンタジー異世界でどうやって炭酸水を再現すれば。

……あッ。

＊　＊　＊

「先生、お願いします！」

ノーライフキングの先生に頭を下げてお願いした。

そう、この世界に機械も化学もなくったって、それに匹敵する超便利なツールがあるではないか。

それが魔法。

科学文明にも余裕で比肩できる魔法。

魔法の力を持ってすれば炭酸水だって容易に作れるに違いない。

科学がなければ魔法を使えばいいじゃない。

という言葉だってある！

ない!!

「そういうわけで、こう……中に空気が入ってシュワシュワとする水を作りたいのですが、魔法でなんとかならないでしょうか？」

『空気が水の？　中？　ですかな？』

俺の要領を得ない説明になんとか理解を追い付かせようとする先生。

いい人だ。

『何やらよくわかりませんが、水の精霊と風の精霊の力を借りれば何とかなるのではないですかな？　言葉で伝えるのは難しそうなので、聖者様の心中を覗《のぞ》かせてもらいイメージを直接把握すれば齟齬《そご》も減りましょう』

さすが先生！

俺の拙い説明でそこまで理解を深めてくださるとは！

『では、イメージ直結のために体に触れさせてもらいますでの。その上で精霊に語り掛け……』

あらかじめ用意しておいたコップ一杯の水に手をかざす先生。

『風と水の聖霊よ、この者の願いを聞き届け、杯を奇跡で満たしたまえ……。「ダ・サイダー」!!』

先生がなんか呪文みたいなものを唱えると、即座にコップの水がグラグラと揺らめき、次いで内側から沸き立つように泡がボコボコしだした。

まるで沸騰しているようだ。

そしてほどなくボコボコが収まり、波静かになったと思えば……。

ポーエル謹製ガラスコップだからこそわかる、透明の表面越しに確認できる、水中に蟠《わだかま》る小さな気泡。

『では聖者様、確認ください』

「はい……!?」

俺は恐る恐る、コップの水を口に運ぶ。

ゴックゴクゴクゴクゴクゴク…………。

……ゲップ。

「炭酸水だああああああッッ!?」

さすが先生！　こんなにも簡単に魔法で炭酸水を作り上げてしまうとは！

「聖者様のイメージを具現化した通形を、術式として固定化しました。要するに一つの呪文として仕上げたということですが、これを他者に教え広めれば一定の魔術師がいる限り世界中どこでも、この水を作り出せるということですな」

そんな先生何から何まで！

なんて頼りになる不死の王者なんだ！

そして先生は、お代わりに用意されたもう一杯の水に魔法をかけて炭酸水にし、みずからも飲んだ。

『美味《うま》い』

しかしこんなことを頼まれる水と風の精霊たちもご苦労様ですよ。

『何やらすんですか?』って気分だろうな、きっと。

この炭酸水製造魔法『ダ・サイダー』は、先生から農場で学んでいる留学生たちへと伝授され、さらにそこから世界中へと広がっていくことだろう。
これが魔法の平和的活用だ！

先生のおかげで炭酸水をゲットし、異世界クリームソーダ作りにまた一歩近づいたぞ！

その炭酸水をキンキンに冷やし、砂糖をドサッと入れて、レモンをギュボッと搾って汁投入。

そして適当に搔《か》き交ぜて透明な炭酸飲料サイダーの完成だ。

「んまぁー!? 何これ!? 美味《おい》しい！ 美味しいわ!!」

試飲を引き受けてくれたプラティが目を星のように輝かせる。

大絶賛。

第二子を妊娠中のプラティは、アルコールもカフェインも自粛してもらっている時分なので、せめて炭酸でも味わってもらおうって配慮だ。

「このシュワシュワアワアワな飲み応え！ まるでビールのようだわ！ ビールが飲みたくなってきた!!」

やっぱり炭酸も禁止にしておくべきだったかな？

プラティの好評を得て、炭酸水→サイダーへの加工も成功したと断じておこう。

目的のクリームソーダへ一歩一歩近づいている手応えだが、まだ道のりは遠い。

クリームソーダがクリームソーダ足りえるのに必要不可欠なものを、この透明な炭酸水はまだ獲得していないからだ。

アイスクリーム？

いや、それはもう用意できている。

とっくに完成させて冷凍庫に保管済み。あとは完成したメロンソーダの上に乗せるだけだ。

「別にもう完成でいいんじゃないの？　甘くて冷たくてシュワシュワしてるだけでもう勝ったも同然よ？　こんなの嫌いになる子どもがいるわけないわ！」

プラティが太鼓判を押してくれるのは嬉《うれ》しいが、俺はまだ満足に達していない。

この段階ではまだ、上にアイスを乗っけるわけにはいかないのだ。

透明なサイダーの上には。

そう。

クリームソーダといえば、ベースにすべきはメロンソーダであろう！

同じ炭酸飲料でも、エメラルドのような輝きを放つ緑色のメロンソーダ。

フルーツ界のプリンスというべきメロンをイメージしたあの緑色と、バニラアイスの純白とによるコントラストこそがクリームソーダの真骨頂！

「というわけでいかにしてでも、この炭酸水を緑色に染め上げねばならぬ」

「緑色？　なんで？」

そんな純粋な疑問にして投げかけられると怯《ひる》むんだが……。

しかしながら、その緑色をこっちの世界で生み出すのも幾多の困難が予想される。

だってあんな鮮やかな緑色、自然界で生み出せるものかと。

だってあれでしょう?

ああいう鮮やかな着色って『緑〇号』的な合成着色料を使ってるんでしょう?

毒も食らう栄養も食らう。双方を美味《うま》いと感じ己《おの》が血肉に取り込む度量こそが肝要だとは言うけれど、まずそれ以前の問題として、あそこまで鮮やかな着色料をこっちの世界で作り出せるかどうか。

可能不可能の問題から俺たちは考えねばなるまい。

とりあえず難しい数式とか化学反応とか手に負えないから自然の着色技能でなんとかできないか、と考えてみるが……。

まあ無理っぽいよな。

たとえばメロンソーダいうくらいだからそれこそ本物のメロンで着色してみーやなんてことも考える。

一応ウチの農場でもメロンは栽培しているので。

しかし自然のメロンであんな鮮やかな緑色は出せないだろう。

『白なの?　緑なの?　ハッキリしろよ!』的な緑だからなメロンの緑って。

しかも夕張メロンの果肉などは黄色に近い。

やはり天然色に頼るのはナシだ。

所詮見た目の問題だとわかっていても、見た目こそが大事だと言うのでメロンソーダのあの鮮やかな緑色は捨てがたい。

一体どうすれば……!?

また魔法で解決するか？

しかし、そうなったら何から何まで先生のお世話になって悪いし。

他にないか？

こっちの異世界ならではの解決法というか、ファンタジー世界ならではの特色がきっとあるはず。

それをもって、何としてでも異世界メロンソーダを……。

……試行錯誤を繰り返した結果。

「できました！　異世界メロンソーダ！」

俺たちの前にあるのは、それこそ目の醒《さ》めるような鮮やかな緑色。

……の液体！

内部にシュワシュワとした気泡を収め、キンキンの冷気でグラスを結露させる。

「おおおおおおおッ!?　何これえええええッ!?」

お披露目に付き合ってくれたプラティも大興奮だ。

「なんて緑色なの!?　緑色が光り輝いているわよ!?　これはもはやただの緑色は言い難い！　輝く緑色よ!!」

緑がゲシュタルト崩壊しそうな勢いで緑と連呼するプラティ。

緑の中にこっそり『縁』を交ぜてもバレなそう。

「一体どうやって、こんな緑色を作り出したの？　アタシが知っているどんな薬草をすり潰して混ぜたとしてもこんなに明るい緑にはならないわ!?」

「発想の転換というヤツだよ」

俺だって、常に『至高の担い手』に頼るだけの男ではないってことでもある。

知恵と努力と発想でもってここまで進めてきた農場生活。

そんな俺の実績がモノを言ったってことだな！

で、具体的にはどうしたかっていうと……。

「我が君、我が君ー」

お。

オークボやゴブ吉、オークゴブリン軍団が戻ってきたな。

ダンジョン帰りか。

「ご要望いただいたモンスターを捕えてきましたぞー。どうかご確認ください！」

農場近くにあるダンジョンからは、そこで発生するモンスターを狩猟してタンパク源にしたり、皮、骨、牙といった素材で様々な生活用品を拵《こしら》えたりする。

これもまたファンタジー生活の知恵だ。

オークボ、ゴブ吉たちがそうした役目を背負って定期的にダンジョンに入り、役立ちそうなモンスターを日々狩ってくる。

しかし今回は特別に、今まで注目を受けなかったとあるモンスターを届けてくれた。

「スライムです」

「えッ？」

傍《はた》から眺めるプラティが素っ頓狂な声を上げた。

スライムといえば、モンスターとしてはある意味もっとも有名で、誰もが知っているアレ。

半固体で半透明。プヨプヨした軟体でまともな生物かどうかもわからない流動物。

今までも洞窟ダンジョンの方でよく見かけられたモンスターであったが、俺たちの興味を引くことはなかった。

「だって、人の生活に何の役にも立たないモンスターでしょ？　プヨプヨの体は水なのか肉なのかもわからないし食糧にもならないし、薬効もないのは魔女であるアタシが一番よく知ってるわ！」

さすがプラティ、モンスターのことをよく熟知している。

俺もそう思っていた。

スライムの軟体って、武器防具にも流用できないし本当に何の役にも立たないモンスターかと。

しかし違う。

俺は農場生活数年を経て、ついにスライムの有効活用法に気づいたのだ！

さて、今回オークボたちが摑《つか》まえてきたスライムは何種類もいた。

『大空を超える無限』スカイブルースライム。

『灼熱《しゃくねつ》の牙』カーディナルレッドスライム。

『闇を貫く閃光《せんこう》』ライトニングイエロースライム。

『永久なる生命の活力』エバーグリーンスライム。

『産み出すことを許さない』ヴァージンホワイトスライム。

『全ての源』マザーブラックスライム。

前々から気づいていたことだが、スライムには種類があって、その一番大きな違いは色だ。

赤青黄色、様々な彩のスライムの中から……。

「今の俺の気分に相応《ふさわ》しいスライムは決まった！」

と言って摑み取ったのは緑色をしたスライム。

「まさか……!?」

ここでプラティは察したようだ。

まず俺の目的に適《かな》った緑スライムをシェイクし、不純物を体内から振るい出します。

そうして純粋な緑色になったあと、エルフガラス細工班に作製してもらった注射器をブスリして、内容物を抽出します。

さらにそれを加熱して、濃縮させたらすさまじく濃厚な緑色の液体になりました。

それを一滴、炭酸水に垂らしたら……。

「ああーッ!?　見事な緑色にいいい――ッ!?」

そう、この緑色はスライムから抽出したものだったのだー!!

何の役にも立たないかと思われていたスライムが、食物の着色料として驚きの役割を果たす。

元々内部の成分は毒にも薬にもならないというのは調べがついていたし、従って味にも影響を及ぼさないから、ただ色付けしたいという目的を果たすだけなら持ってこいなのだ！

こちらの世界にしか棲息《せいそく》しないモンスターを使って問題解決！

それこそ異世界の知恵！

「それでも旦那様……！　食べ物にスライムって……！　何というか無害とわかっていても抵抗感が……!?」

大丈夫！　健康を害する成分がないことは度重なる調査で分かっているし！

この世界の緑色のスライムには毒はない！

「協力ありがとう、森へお帰りー」

役目を果たした緑色スライムは、解放してダンジョンへと帰してあげた。

他の赤青黄などの色のスライムたちも『オレたち何のために連れてこられたんだよ？』と釈然としない気配を出しながら、それでもダンジョンへ帰っていった。

とまあ紆余《うよ》曲折《きょくせつ》はあったものの……。

炭酸に緑色、すべての必要なものを取り揃《そろ》えて、最後にアイスクリームを加えて……。

今こそ異世界クリームソーダの完成の時！

緑色の泡立つ液体。

その上に、ひんやりと冷えた純白のアイスクリームを乗せる。

そして忘れてはいけないサクランボ。

クリームソーダにはやっぱりサクランボがつきものだ。

緑と白、そしてチェリーの赤の三色が織りなす鮮烈なコントラスト。

ここに完成した、ファンタジー異世界で作り出した珠玉のクリームソーダ！

「これはなんですうううううううッッ!?」

「みどりいろです！　光り輝いているですうううううッ!!」

「みどりです！　ぐりーんだよ、ですー！」

「よりどりみどりですー！」

試食してもらおうと呼んだ大地の精霊たちが、もうテンションＭＡＸとなって震えている。

今回のテーマの一つに『子どもウケする』ということが条件に入っているので、やはり子どもの意見をとっておきたかったのだ。

その子どもポジションで再び大地の精霊たちが登場。

そして彼女らが大興奮。

まずクリームソーダの母体となるメロンソーダが、見事なまでの緑色であることに。

しかしそれだけに止《とど》まらない。

「はッ!? 待つですッ!?」

「この緑色のシュワシュワの上に載っているのは……!?」

「しろいです？ つめたいです？ クリームです!?」

「これはもしや……!」

「「「「あいすくりーむですうううううッッ!?」」」」

メロンソーダの上に載ったアイスクリームに、大興奮の二段ロケットや。

「あいすいくりーむが、乗っかってるですうううううッッ!?」

「こんな贅沢《ぜいたく》許されるですうううううッッ!?」

「シュワシュワのおみずおいしいですうううううッッ!!」

「あいすくりーむも、おいしいですうううううッ!!」

「二つを混ぜるとまた変わったあじわいですうううううッッ!!」

「さくらんぼーもおいしいですうううううッッ!!」

大地の精霊たちの味わいっぷりが思った以上に全力過ぎて引く。

それだけ喜んでくれたということなら、こちらとしても嬉《うれ》しいが。

「くっくっく……、ガキどもが煩《うるさ》い限りなのだー」

狂喜乱舞する大地の精霊たちを見下ろし、大人の余裕を見せてくるのはドラゴンのヴィールだった。

「ご主人様の食い物が美味《うま》いのは当たり前だが、それにいちいち驚いているようでは未熟者なのだ。ここはもう『美味《おい》しくて当たり前』ぐらいの気がまえでどっしりと受け止めるのが……」

と言ってヴィールもクリームソーダを一口。

「うんめえええええええッ!! 甘い! 冷たい! シュワシュワ! 緑色! さくらんぼおおおッ!! 驚きのポイントが多すぎて追いつかないのだあああああああああッッ!!」

やっぱり煩い。

そしてやっぱり子どもといえば我が実子であるジュニアの反応も気になる。

もうすぐ二歳になる息子は、炭酸飲料も平気で飲める程度に成長したであろうが……。

問題のクリームソーダを一口飲んで……。

『このワザとらしいメロン味!』というような表情をしていた。

おおむね好評でよかった。

さあ、いかがですかなシャクスさん?

このクリームソーダがあれば、魔都の全ちびっ子が魅了されること必定!

クリームソーダをメニューに加え、今こそ喫茶店を異世界に。

「……もはや何も言うことはありませんな」

実は最初からいたシャクスさん。

クリームソーダのお披露目会を終始見守っていた。

「まさかここまで凄《すさ》まじい子ども向けの商品を出してくるとは……。やはり聖者様は我らの想像を超えてくる……！　というかこのクリームソーダ自体を独自で大売出ししたいぐらい……！」

シャクスさん目頭を押さえる。

手にはシャクスさんに用意されたクリームソーダが……もう空になっていた。

オッサンが貪るクリームソーダというのもまた乙だ。

「やはり聖者様は、我ら凡俗ごときの口出しなど無意味な、高次の存在。この上は四の五の言わず素直に従うのみです」

「では！」

「我がパンデモニウム商会は聖者様の喫茶店作りを全面的に支援します。魔都の一等地に店舗を用意し、最高のスタッフを取り揃《そろ》えましょう。他にも足りないものがあれば何でもおっしゃってください！」

やったぜ！

ついに異世界喫茶店が実現するんだな！　努力が実を結んでとっても嬉しいぞ。

「そ……、それで聖者様、最初は何店舗出店いたしましょう？」

「え？」

何店舗？

何を？

「聖者様が差配する企画ですから、当然のように大々的に売り出していきましょう！　チェーン店を拡大していってゆくゆくは魔国中……いえ旧人間国にも出店していき地上全土にシェアを！　そのためにはまず魔都内でも最低百店舗は同時出店して……!!」

シャクスさんが熱っぽく語るのに相対し……。

「いや、一店だけでいいですよ」

「おえええええええええええッッ!?」

元々そんな大々的にやるつもりはないし。

コーヒーをこの世界の人たちにも親しんでもらいたいという動機から始まった異世界喫茶店計画。

しかしあまり大規模で初めても全体把握できるかわからんし、そもそもコーヒー豆の供給足りなくなるかも。

今のところ農場だけで育てているからな。

「というわけで普通に一店舗のみで始められれば満足です」

たとえ一店舗でも、そこから少しずつコーヒー好きが広がっていったらいいなあと思うのだ。

「じゃあなんでウチに相談したんですか!?　チェーン展開で大々的に売り出すためじゃないんですか!?」

「バッカスの時みたいなトラブルになったら嫌だなあと思って」

以前もバッカスが魔都で居酒屋（おでん屋）を出店した時、無許可営業とかで締め上げられて大騒動になったことがあった。

一度直面した間違いを繰り返し犯さない。

それが俺の美学さ。

「というわけでシャクスさんには後々トラブルにならないよう法的支援をお願いしたかったんです」

「それならそうと早く言ってくださいよ!!」

なんか泣きながら言われた。

もう既に思考の行き違いがあったようだ。

「だったら吾輩《わがはい》の本気のアドバイスは何だったんですか……? 大きなシノギになると思って現場リサーチも完璧にしてきたのに……!?」

「いえ、大いに参考になりましたよシャクスさんの」

子どもウケするメニューがいるというご意見……。

「サミジュラさんを通して居酒屋ギルドからも出店予定地を確保してもらったり、人員を集めてもらったりしているのに……!」

「なんかすみません……!」

まあ、でも本当に一店舗だけでいいんで。

一店舗で。

後々ゴタゴタが起きないよう商会のお墨付きだけお願いします。

「ちなみにですが……、メニューに出すのはコーヒーとクリームソーダだけで?」

「もちろん他にもありますよ」

あまりたくさん種類があっても回し切れないが、さすがに二品だけでは寂しすぎる。

他にも軽食メニューでもつけてバラエティを豊かにするつもりだよ。

前に出たホットケーキもメニューに加えるとして……。

「あとやっぱピザトーストも出したいと思っている」

「ピザトースト!?」

ピザ生地の代わりに食パンを使って、その上にどっさりチーズをまぶして他にもハムとかピーマンとか玉ねぎとかを散りばめるアレ。

喫茶店の軽食にはもってこいだよね。

「サンプルを作ってありますのでお召し上がりください」

「うまあああああああっ!?　チーズが伸びてモチモチいいいいいッ!!　そしてトーストのサクサク感んんんッッ!?」

ちなみに食パンはヴィールのお手製です。

同じトースト系なら小倉トーストも用意しようかなあと思ったが、地域性が強いので差し控えておいた。

それからスイーツも用意したかったが、ショートケーキやらティラミスは作るのが大変だし、外の人たちに食わせるぐらいならウチらに食わせろとばかりに農場女子たちが消費していくことだろうから見合わせた。

せめてクッキーだけでもお出ししようと思ってストックを備蓄中です。

「食器類はエルロンらに拵《こしら》えてもらおうと思っています」

「流行の最先端を行くエルロン様たちの作品を……!?　こんなの、絶対大流行するに決まっています。それを一店舗だけに留《とど》めておくなんてえええええ……!?」

なんかシャクスさんがさめざめと泣きだした。

まあ、それはそれとして、いよいよ形になってきた喫茶店作りを頑張っていこうぜ！

こうして俺が、異世界喫茶計画を着々と進めていた頃……。

「お茶担当の者どもはどうしているかな？」

と思って様子を見に来てみた。

いや、別に担当って決めたわけじゃないんだけど彼女らのお茶への傾倒ぶりが凄《すさ》まじくて気づいた時には『お茶担当・彼女ら』みたいになってたんだよな。

そのおかげで俺も喫茶店……というかコーヒーの方に集中できたから助かった面もあるんだが。

しかしいつまでも放任というわけにもいかないので状況把握がてら、彼女らが今何をやっているか覗《のぞ》いておくことにした。

その彼女らというのは……。

エルフのエルロンたちだ。

元々森の民であるエルフ。

文明を厭《いと》い、他種族との交流を徹底して拒絶する種族らしいが、一部のエルフたちがウチの農場に住み込んで、陶芸やら工芸やらに手を染めてからなんか様子がおかしくなってきている。

その挙句の果てに、お茶があった。

孤高の種族エルフは、お茶と出会いどういった変化をしていくのだろう？

「エルフどもどこー？　あ、いた」

俺が発見したところには、農場エルフの代表エルロンどころか、その他多くのエルフたちが一堂に会していた。

余所《よそ》の土地に住んでいるはずのエルザリエルさんやＬ４Ｃさん、そしてエルフ王までいる。

「どうしたんですかエルフたちが全員集合で？」

俺の知る範囲内だけど。

「うむ！　今日は特別な催しがあってな！」

代表して答えるエルフ王さん。

本名はとても長くて言う気になれない。

「催し？」

「エルロン宗匠が茶の湯を世界に広めるため避けては通れぬことなのじゃ！　エルロン宗匠が偉業を成し遂げんためにも、我らエルフ一同全力で応援し、成功を見届けるのじゃ！」

ハイエルフをして『宗匠』と呼ばわしめるようになったエルロン。

ひたすら農場で皿を焼くことだけしてきた彼女が、気づけば何やら遠い存在になってしまっていた。

そしてまだ先に進むつもり満々。

そのためのこのエルフ大集会。

「で、一体何をやるつもりなんです？」

あまりの大ごとなら周囲の迷惑にもなるかもしれないし農場主である俺へあらかじめ断りを入れてほしいんですがね。

「大丈夫だ聖者様、そこまで大したことをするつもりはない」

と言葉を継いだのは中心人物エルロン。

いつの間にか陶工へと成り上がったエルフ。

「神を呼ぶだけだ」

「充分大したことじゃないかな？」

「でも農場じゃ割とちょくちょくやっているだろう？」

そう言われるとぐうの音も出なかった。

たしかに我が農場では、ちょっと節度がないんじゃないってくらい頻繁に神様を呼び出す。できるからね。

ノーライフキングの先生が、神召喚を半分趣味にしているようなところがあるから。

って、よく見たらエルフの中に交じって先生がいるじゃないか!?

これガチで神を呼び出す準備が整っている!?

「神を呼びたいと相談したら喜んで協力してくれた」

「やっぱり先生、神呼ぶことを趣味にしている!?」

趣味ならしょうがない。

「まあ、俺たちも今まで散々呼び出してきた経歴があるし、あまり強くは注意できないが……。一応聞くが、何の神を呼び出すの？」

被害を及ぼすような悪神であれば『やっぱ止めなきゃ』と思うんだが？

「心配ない。これから呼び出す予定なのは、我らエルフの守護神だ」

「守護神？」

そんな神様がいたのか？

「かつて流浪の民であったエルフを保護し、安住の森まで導いたと言われる神だ。その神に目通りし、これまでエルフを守護くださった感謝を述べると共に、このお茶にもご加護を与えてくださるようお願いするのだ!!」

ドデンと置かれる茶壺《ちゃつぼ》。

その中にはたっぷりと茶葉が詰め込まれていた。

「ふーん……！　ま、まあ神様相手だからくれぐれも失礼がないようにね？」

「わかっている！　先生、それではよろしくお願いします!!」

そして満を持して先生、出る。

『では始めよう。……かさぶらんか』

また適当そうな呪文を唱えつつ、杖《つえ》を一振り。

するととても簡単そうに時空が歪《ゆが》み、別世界へと繋《つな》ぐ門を開ける。

「ホント簡単そうに召喚するな……!?」

そして現れる、いかにも神と一目でわかる、神々しき気配をまとった巨人。

筋骨たくましき若き男で、その眼光は今まで出会ってきた神々の誰よりも鋭かった。

戦いの専門家……というべき眼光。

ただでさえ絶対者であるべき神の、その中でも特に戦闘に特化したというべき姿。

現れただけで一般人の俺は圧倒される。

「っていうか、これがエルフの守護神なの？」

エルフって綺麗《きれい》な女の人ばかりの種族だからてっきり守護するのも美しい女神さんかと思っていたのに。

めっちゃむくつけき！

「おお、これぞ我らエルフ族の守護神ベラスアレス様じゃあああ!!」

「ええッ？」

やっぱあれで正解らしい。

たくましき男神は、ただでさえ筋肉のむさくるしい天然鎧《よろい》の上に輝く金属鎧をまとい、剣に盾をも携えている。

完全にこれからどっかに攻め込もうって風体。

キルマインドが凄《すご》すぎる!?

『この私を地上まで呼び出したのは何者だ……？』

実に厳かな声。

『軍神にして、あらゆる戦争による災いを司《つかさど》る神。穏やかならぬ死を誘う者。戦慄と恐怖の父。このベラスアレスが世界すべての残虐の主であることを知って召喚したか？』

「何かめっちゃ怖そうなこと言ってる!?」

やっぱこれ呼び出しちゃいけない神だったのでは？

悪いとまでは言わないけれど、怖い感じが激烈に伝わってきます！　ヤバい！　もう帰ってほしい！

「ベラスアレス様ー！　直《じか》にお目にかかれて光栄なのじゃー！」

真っ先にひれ伏すのがエルフ王さんであった。

「アナタ様の守護を受け、生きながらえてきたエルフ族はおかげさまで繁栄の極みじゃー！　これもベラスアレス様が見守ってくだされたからじゃー！」

『ぬ……？　お前たちは、そうか……。遥《はる》か昔に盟約を交わした者どもの末裔《まつえい》か……！』

エルフたちの姿形を認めると、荒ぶる戦神は俄《にわ》かにいかめしさを解いた。

「あの……、この神様が本当にエルフさんたちの守り神でいいんでしょうか？」

「いかにもエルフ族の守護神にして軍神ベラスアレス様じゃ！」

間違いないいんだ。

「数千年も昔のこと……エルフは魔族の中の一派であった。勢力争いに敗れ、魔族本来の棲《す》み処《か》を追われ、あちこちを彷徨《さまよ》った果てに森へとたどり着いた。そこが軍神ベラスアレス様が守護する土地だったのじゃ！」

「エルフ族に古くから伝わる伝説だ」

エルロンが補足説明してくれる。

『そうかつてアマゾーンと呼ばれた地は、たしかに私が当時担当していた区域だった』

軍神まで説明に乗っかった!?

『そこへ魔族どもが侵入し、何事かと対応してみれば、いくさに敗れて故郷を追われたという。その者らを哀れみ、我が領域に住まう許可と険しい森の中でも生きて行けるための知恵を与えた』

その子孫がのちにエルフと呼ばれる。

この世界に住むすべての亜種族は、いずれも元をたどれば人族、魔族、人魚族の三大種族のどれかにたどり着くと言われていて、その中でもエルフは魔族を源流に持っているのだと。

前にもどこかで聞いた気がする。

『我が加護の下で繁栄し、世代を重ねるごとに魔族本来の血統から離れて、独自の種となりエルフの名を得た。お前たちが地上にて二千年もの間、何千万人も生まれては成すべきことを成して死にゆく様を私は天上から見守ってきた』

「天上から?」

『私は天界神の所属だからな』

そうなのか。

話の腰を折ってすみません。

『お前たちが遭遇した困難も、勝ち取った喜びも、私はすべて知っている。その果てにこうして今に至り、曲がりなりにも穏やかなる繁栄を迎えられたと思うと……!』

……ん？

どうした？

戦争と破壊を司る神様の肩が奮えている？

『……本当によくここまで生き延びたなあ。大変なこともあったのに。皆で協力して頑張ってよく生き残ってこれたなあ……！』

神様泣いていた。

強面《こわもて》をクシャッと歪めて泣き崩れておる。

『人族どもが法術魔法でお前たちの森を荒らした時は、ゼウスのバカオヤジを殴りつけてやろうと何度思ったことか……！　天空神の大方針に逆らうことができずお前たちの危難を救うことができなくて本当にすまなかった。しかしそれでもお前たちは乗り越えたのだ。本当に偉いぞ……！』

って言いながらボロボロ涙をこぼしまくる。

軍神、案外と涙脆《なみだもろ》かった。

さっきまでの荒ぶり様は何だったんだよ？

まだ本題にも辿《たど》りついていないのに、軍神の有徳ぶりに圧倒されるばかりでちっとも先に進めない。

『いや、私は元々天空神の所属なのだがな……』

前回から引き続き……。

軍神ベラスアレスが言う。

『だから源流が魔族であるエルフを助けるのはおかしいのだが、私は同時に負けいくさを司《つかさど》る神でもある。戦争に敗れ、居場所を失った者に救いの手を差し伸べてやらねばならんのだ』

それでエルフの祖先を助けてやったという。

盟約を交わし、正式にエルフ一族の守護神に就任して数千年。

彼女たちの住む森を聖域化したり、様々な知恵や特殊能力を与えたり……。

時に攻め込む外敵を撃退するのに力を貸したり、陰に日向《ひなた》にエルフを守り通してきた。

『まあ、神みずから下界の争いに介入するのは、神々の規制が緩かった伝説の時代に限られたことだがな。今やったらコンプライアンスがどうとかで非常に面倒くさい』

「神様の世間も大変なんすね……!?」

『だからここ数百年はまともな守護をしてやれずに申し訳なかったんだが……。対してゼウスのバカオヤジは法の隙をついて好き放題やりやがるし……！　しかしそれらの困難を乗り越えてよく繁栄を築き上げたエルフたちよ！　守護神として誇りに思うぞ！』

軍神ベラスアレスの大号に、その場に集ったエルフたちは一斉に跪《ひざまず》くのであった。

「ははーッ！　我らこそ古《いにしえ》の守護神様へ直接目通りが叶《かな》い、恐悦至極に存じます！」

「守護神様！　我ら本日、特に用もなく守護神様をお呼びしたわけではありません！　お願いしたいことがあります!!」

そんなエルフたちの訴えに、眉をピクンと上げる軍神。

『何？　願い事とな？』

「はい」

『できることなら聞き届けてやりたいところだが、ヒトの迷惑になるようなことはいかんぞ。特に他種族に攻め込もうとかは。今、下界は今までにないほどに安定し、平和に満ちているのだから』

良識的すぎる軍神。

戦争を司る神だけあって現場を知っており、その分感性がまともってことなんだろうか？

「ご安心ください。我々は新たな戦乱など望んでいません。むしろ逆、この世界に平穏をもたらし、人々の心を安息させる手助けをしたいのです」

と言うエルロン。

言ってることが殊勝すぎて却《かえ》って胡散臭《うさんくさ》い。

「私たちは、これからあるものを世間に広めていきたいと考えています。その品物に是非とも神のお墨付きを頂ければ、万事をやり易《やす》くできるのですが……」

『品物？　一体なんだ？』

「こちらでございます」

エルロンが差し出す茶壺《ちゃつぼ》。

その中には青々とした新茶がギッチリ詰まっている。

『？　何だこのカラカラになった葉は？』

「これは茶葉と言いまして、茶を淹《い》れるためのものです。こちらの聖者様がもたらしてくださいました」

俺に話を振らないで。

これ以上神様に目を付けられたくない。

「この茶を飲めば精神安定、気力充実。荒ぶる心を鎮め、失われた気力を湧き起こし、人が果たすべきあらゆる仕事を捗《はかど》らせてくれることでしょう。それでいて美味《おい》しい！」

『はーん？　そんなものに軍神ベラスアレスの賞賛を得ようと？』

軍神、たちまち不機嫌そうになって。

『舐《な》められたものだな。軍神にして、あらゆる残虐と暴虐と虐殺の主であるこの私に、たかが飲み物ごときの後援者になれと言うのか？　私が司るのは血みどろの戦い。すべての破壊、すべての荒廃こそ似つかわしい私に、のどかに一服などもっとも遠いことではないか』

とイキッたことを言う。

さすがに軍神。戦争を司るこの神と親しむのは無謀なことなのか。

「では試しに、一杯ご賞味いただきましょう」

『うむ？』

その場で茶をたて始めるエルロン。

しかも茶筅《ちゃせん》で抹茶をグルグル掻《か》き回す本格的なヤツ。

「どうぞ、お飲みください」

『お、おう？　しかしな、何をされようといくさ神である私に平穏な物事など似合わんだろう？

他の神に笑われるのも嫌だし、もっと別の……』

とゴチャゴチャ言いつつも、勧められたお茶をきっちり飲むベラスアレス神。

基本いい人だよな、神だが。

そして……。

『うま……ッ』

なんと満ち足りた表情？

『何だこの……喉を通った瞬間、全身に染みわたるような温かみと落ち着きは……!?　味も渋味があるようでまろやかな……酒とはまったく違う味わいではないか』

「酒は、飲む者を酔わせて、時に体を痛めるほどの強い刺激を与えます。しかしこの茶は逆。どこまでも飲む者を労《いた》わり、味にもそれが如実に表れています」

『うむ、いい……！』

またベラスアレス神が感涙しだした。

え？

お茶の味に感動して？

『この世にこれほど優しさに満ちた飲料があったとは……!? よいのぅ……！ 舌福よのぅ……！ この茶が世に行き渡れば、きっと優しさや思いやりも世に行き渡ることだろう……!!』

「さすれば、その助けを是非我らの守護神にもお願いいたしたく！」

『よかろう』

うわ簡単に決まったぁ……。

軍神、案外と簡単にほだされる。いや意外でも何でもない。

コイツ怖そうに突っ張ってるだけの、ただのいい人だ!!

『はあ……、しかし美味《うま》い』

ズズズ……。

『味がいいだけでなく、この瑞々《みずみず》しい緑色が目に落ち着きを与えてくれるな。他の色ではこうはいかん。赤は激しすぎるし青では寒々しい、黄色は目がチカチカする。緑だからこそここまで落ち着きながら、かつ生命力を与えてくれる色合いとなるのだ』

「何かいっぱしのこと言ってる!?」

評論家気取り!?

戦争の神ならもっと四の五の言わずに『皆殺しだヒャッハー！』みたいな感じにならないの!?

「つきましては茶を広めるため、茶を収める容器なりに軍神ベラスアレス様の紋章を刻みたく……」

『かまわんぞ。したいようにするがいい。軍神たる私のお墨付きとなれば、盗賊も天罰が怖くて手を出せんだろうてな！』

ハハハハ、と笑いまた茶を啜《すす》る。

「それだけではないぞえ？　これから各地へ売り出す茶にベラスアレス様の紋章がつけば、それは一目で『エルフゆかりのもの』という証明になる」

エルフ王さんが小声で言う。

「ベラスアレス様を信奉しているのは我らエルフだけじゃからのう。これがハデス神とかアテナ女神とかだと、そうはいかぬ。あれらの神を信奉する種族団体は他にもあるからの」

「はあ……!?」

「これでパチモン対策はバッチリというわけじゃ」

エルフの商魂たくましいいいい……!?

既に先の先を見据えているじゃないか？

「ここまで万全を期して茶を売り出していこうとは、エルロン宗匠の並々ならぬ決意がうかがえるのう。自分の作る皿や碗《わん》にはここまでしなかったのに……」

「アイツはどこに行こうとしてるんでしょうかね……？」

最近エルロンが、俺の想像を超える進化を果たしていて怖い。

彼女の世界はどこまで広がっていくのだろう。

そして、それと同じぐらい今俺が戦慄しているのは、あの軍神ベラスアレスだ。

戦争を司る神なんて恐ろしげでいるものの、段々わかってきた。

あれはただの気のいいオッサンだ。

何やかんや言いつつも、こっちのお願いを聞いてくれる。

『……はー、茶が美味い……うまかっちゃん……』

しかもさっきからお茶の効能で和やかになりまくっているではないか。

軍神としての尖《とが》ったところがどっかに行ってしまった！

「あの……！　私からも軍神ベラスアレス様にお願いしたいことがあります！」

『お前は何者だ？』

「この農場で木工細工の仕事をしているミエラルと申します！」

うむ。

彼女はたしかにウチの農場に住むエルフの一人ミエラルだ。

かつてこの農場に訪れた冥神ハデスや海神ポセイドスをそのままモデルにして彫像を拵《こしら》え『まるで本物そっくりじゃあああッ!!』という至極当然な感想を得て、荒稼ぎしたという経歴の持ち主だ。

「私は木工職人として木を彫って彫って！　これまでいくつもの神像を拵えてきました！　しかし不覚にもこれまで自族の守護神であるベラスアレス様の像は作らずに来ました！」

『気にしなくていいよ』

「しかしこうして実物を目にできたからには、それを参考に是非とも渾身《こんしん》のベラスアレス像を彫刻いたしたくお願いします。これまで別の神の像を彫って培ってきた技術のすべてを注ぎたいと思います！」

『よかろう』

ほらもう何でもイエスマンになっちゃってる！

『しかし我が似姿を示すからには厳《いか》めしく恐ろしげに彫るのだぞ！　軍神が優しげでは困るからな！　悪魔すら泣いて逃げだすような身の毛もよだつおぞましい像に仕上げるがよい！』

「邪神像かな？」

しかし俺は知っている。

ミエラルは結局インスピレーションに従って、偉大にして輝かしく情け深い軍神ベラスアレス像を彫るんだろうなと。

『何コレ如来？』とかなっちゃいそうな。

そして自身のイメージとまったく違うものができても『まあいいや』で済ましてしまうに違いない！

この軍神！

今まで農場にやってきた神の中でも、明らかに一線を画した人格者！

ってうか本来、神ってこういうものじゃないんですか。

『それはそうと、そこな男よ』

「はい!?　俺ですか!?」

なんかここに来て唐突に俺が名指しされた。

『お前のことはよく伝え聞いている。我が兄弟神へパイストスの加護を受けた聖者であろう？　我が母神や弟神が迷惑をかけているようで私からも詫《わ》びておく』

「本当にいい迷惑ですよ」

ヘラ女神やヘルメス神から被ったムカつきを思い出して、ついつい本音が出てしまった。

『うむ、天界に帰ったら私からも注意しておくので勘弁してほしい。……それで、そうして母が迷惑をかけている上で心苦しいことなのだが、私からも一つ頼みたいことがあるのだ』

「なんでしょう？」

『私は戦乱の神として、つい数年前まで繰り広げられてきた種族間戦争の後始末を気にしている。人族と魔族の悠久とも思えた戦争に翻弄された者を救う手立てに、協力してはもらえぬだろうか？』

くたびれた傭兵

オレの名はグレイシルバ。

かつて人間国で傭兵《ようへい》をやっていた。

人と魔の尽きることなき戦い。それがオレたちにとって生涯の安定収入をくれる飯の種だった。

しかし、そんな飯の種も今はない。

魔族が人族を倒して戦争終結してしまったからだ。

戦いを奪われた傭兵ほど惨めなものはない。

オレを含めた多くの同業は食い扶持《くぶち》を失い、儲《もう》けるアテも失って彷徨《さまよ》うばかりだった。

元々定まった主も持たず、漂泊する浮草のような存在でもある傭兵。

弱り目となっても頼る相手もなくば、ただひたすらに沈んでいくばかり。

せめて勝利したのが自軍の人間国ならいくらかマシだったろうが、敗者側に身を置いたとあっては落ちぶれようも星が落ちるようであった。

それでも人間国が決定的敗北を喫して滅ぼされてからもう数年が経《た》つ。

この時間の間に、同じ傭兵でもこの困難をうまく乗り切った者、乗り切れずに沈んでいった者の明暗が益々《ますます》ハッキリ分かれるようになった。

結局のところ主なき傭兵稼業は自分自身の才覚こそが頼み。

実際くいっぱぐれた傭兵稼業の中にも、今の時代の激動を好機として逆に成り上がっていく者すら出始めた。

その代表格というべきは、あのブル・ビルソンだろう。

今ではピンクトントンなどと名を改めたそうだが。

冒険者……手に職を失った傭兵の転向先としてはもっともポピュラーなその道を進み、見事その頂点に立った。

元から冒険者登録して傭兵との二足《にそく》の草鞋《わらじ》を履いていたというが、傭兵を廃業し冒険者一本に集中した途端にS級にまで成り上がるというのは前代未聞。

彼女以外にも大多数流入した傭兵崩れの新人冒険者を統率するため、冒険者ギルドが下した政治的判断とも言われているが、それでも当人の実力なくば実現しないことだ。

今の時代では珍しい獣人で、無双の怪力を誇り、魔王軍四天王と数度にわたる名勝負を繰り広げ、かつ女。

ここまで派手な実力実績を重ね持っているなら、それこそ傭兵からの転向冒険者として代表の地位に押し上げられるのは仕方がない。

彼女が存在感を発揮することによって、どれだけの傭兵が冒険者への転向を果たし、受け入れられたことか。

ピンクトントンは何百人という傭兵を飢え死にの危機から救った女神というべきだろう。

しかしすべてが救われたわけではない。

傭兵の中には、生まれつき世渡りが不器用だったり、犯罪歴があったり、また単純に性状残虐な者などがいて冒険者への転向すらままならない者が数千人といた。

そうした者たちも生きるからには食い扶持を得る必要があり、そうした連中が求める職は大抵がろくでもないものだ。

戦勝者となった魔族が敷く新体制に反発して、陰で蠢《うごめ》く地下組織。その手足となって刃を振るう者。

人間国各地に古くからある犯罪組織の用心棒に成り下がる者。

そしてみずからが犯罪者となって、盗賊山賊へ落ちぶれていく者。

傭兵は、結局のところ殺し合いをする仕事であるのだが、それも究極的には戦場という限定された空間の中だけでの話。

戦場は、ある意味であまりにも異常な空間だ。

普段人々が生きている日常の常識がほとんど通用しない。

あまりにも長く戦場で生きていると、その異常さに気づけなくなって戦場の理屈を戦場の外へ持ち出してしまう者が出てくる。

そう言った連中が野盗となり人攫《ひとさら》いとなり、侠客《きょうかく》の用心棒となったりテロリストの手先になったりと道を踏み外していく。

前置きが長くなってしまったが、オレ自身長い人生を傭兵として過ごしてきた男。

器用な方ではないということは自分でもわかっていた。

あのピンクトントンのごとく器用に自分を売り込み、まったく新しい自分を再スタートさせるなど、とても能力が追い付かない。

かといって犯罪に手を染めるほど良心が擦り切れてもいなかった。

戦場と日常の区別がつかなくなり、家族や世の中ために生きようとする人々の平穏を身勝手に引き裂くなどオレにはできない。

黙って見過ごすことも。

かつて戦場で一緒に戦った傭兵仲間にも、山賊団を立ち上げるのに俺へ声をかけたりもしてきた。

『冒険者になることもできず、稼ぎもないなら一緒にどうだ？』と。

オレはそんな連中を例外なく斬り伏せて、魔族占領府へ引き渡してきた。

賊が、この地に蔓延《はびこ》ることは許せなかった。

オレたち傭兵は、第一の目的には金儲けであったが、戦う理由は国土を異種族から防衛し、平和に生きる人々を守るためではなかったのか。

それなのに。

戦争が終わったから、自分たちが平和を脅かす側に回ってどうする？

そんな衝動からオレは、犯罪者に堕《お》ちたかつての傭兵仲間を率先して襲い、ひっ捕らえることを繰り返した。

利ととったのか、魔族占領府はオレの行動を推奨し、専用の役職を与えて犯罪傭兵狩りを支援した。

皮肉なことに、おかげで俺は給金を貰《もら》うことができ当面食うに困らずに済んだ。

オレのやることに追随して犯罪傭兵を取り締まる仕事に就いた元同業も多くいた。

オレたちは『同類狩り』などと呼ばれて揶揄《やゆ》されることもあったが、それでも旧人間国の平和を守り、戦争時から変わらず誇りを守って生きていけていると自負があった。

もっともそんな生活も長くは続かなかったが……。

魔族占領府に飼われて、犯罪者となったかつての傭兵仲間を取り締まること一、二年。

どうやらオレは派手に活躍しすぎたようだ。

犯罪傭兵を捕まえる傍ら、犯罪組織を潰したこともあったし、大きなテロ事件を未然に防いだことも何度かあった。

その陰でオレの顔は売れてしまい、犯罪者たちのブラックリストに名が挙がってしまったらしい。

任務から外れての休暇中に襲撃を受けたこともあった。

確実に、ヤツらは自分たちの犯罪行為を円滑に進めるため、邪魔者であるオレを排除しようとしているのだろう。本腰を上げて。

そんな気配が如実となった矢先、オレは魔族の占領府に呼び出しを受けた。

対応に出たのは驚くことに総督府を取り仕切るマルバストス総督。

オレごとき傭兵への対応にトップみずからお出ましとは随分大仰なことだ。

「グレイシルバくん、キミの特別討伐隊長の任を解く」

ああ。

そういやそんな名前だったっけかな、オレが占領府に身を寄せるのに貰った肩書は。

オレの真似《まね》をして占領府に身を寄せ、かつての同業を捕まえる仕事に就く元傭兵どもの集団が特別討伐隊。

結成されて一年そこそこだが、その間に数え切れないほどの犯罪者たちを潰したものだった。

「この一年、キミはよく働いてくれた。働きすぎなほどにな。それは深刻な反動を生むことにもなってしまった」

多くの犯罪を取り締まったオレは犯罪者からの恨みを買い、今では暗殺リストのトップに名が挙がっているという。

目の前の総督の名前も載ってるだろうけどな、きっと。

「今や我々の力をもってしてもキミを暗殺から守りきることは難しい。特別討伐隊の任務を遂行しながらではなおさらだ。そこでキミは速やかに現職を副隊長に譲り、引退したまえ。それがキミの命を守る最善の方法だ」

「そしてオレはまた無職になれと？」

そもそもは傭兵の仕事がなくなったことによって起きた、この混乱。

犯罪者に堕ちた連中も、それを取り締まるオレたちも、どちらも元は戦争によって食い扶持を得る傭兵だった。

「まあ別にかまいませんがね。この仕事だって偶然の巡り合わせのようなものです。本来オレはなすがままに野垂れ死ぬのが、あるべき姿だったのかもしれません」

「そう言うな。キミの活躍に、我々は率直なる評価と感謝を捧《ささ》げたい。キミたちが協力してくれたお陰で人間国崩壊後の混乱を予想以上に速やかに治めることができた」

「そのお陰でオレたちは『共食い』呼ばわりされることになりましたが」

もっとも同じようなノリで『裏切者』呼ばわりされるのは心外だがね。

お題目とはいえオレたち傭兵も人間国の平和のため戦争に参加した。

そして終戦後に犯罪者となって人間国の平和を乱そうとする者こそが真の裏切者だろう。

「どの道オレは、斬った張った以外の生業はできない男です。その上同業殺しの仕事で多くの恨みまで買ってしまいました。この上占領府から放り出されては、復讐《ふくしゅう》に燃える連中の獲物となるばかりですね」

恨みを晴らすため、最高に苦しい手段でもってジワジワ嬲《なぶ》り殺《ごろ》しにされる未来しか見えない。

まあ、ここまで来たら生に執着も薄くなってきたから慌てもしないが。

「無論、我々もただキミを放り出すマネはしない。我が占領府に、そして魔国人間国双方を含めた世界全体へここまでの貢献をしてくれたキミを見捨てては、私のプライドが成り立たない」

「プライドを大事にするのはけっこうですが、ではどうするのです？　誰にも手出しできないようオレを座敷牢《ろう》にでも放り込みますか？」

「実は既に、キミの新しい仕事を用意している。キミさえ『いい』と言うならば、そこで新たな生活にチャレンジしてみないかね？」

新しい仕事？

どうせまた血なまぐさい汚れ仕事なんだろうがな。

オレは生涯そういう生業から抜け出せないらしい。

だとしたら腹を括《くく》って、修羅の道を死ぬまで歩もうではないか。

「いいでしょう。どんな職だったとしても復讐者どもの贄《にえ》になるよりはマシでしょうし、やらせていただきますよ」

「それはよかった。では、キミの新しい雇い主となる御方《おかた》を既に呼んである。くれぐれも粗相のないように。ある意味、魔王様と同等の御方だ」

え？　誰？

魔王って魔族の王様で、人間国を併呑《へいどん》した今地上の覇者と言っていいはずだよな？

その魔王と同等って、もはや神ぐらいしか思い当たらないんだが。

「いやー、初めましてですー」

そう言って総督室のドアをガチャリと開けて入ってきたのは何の変哲もない普通の男だった。

これが魔王と同等？

「アナタがグレイシルバさんですね？　突然のことですみませんベラスアレス神からどうしてもアナタを助けてほしいって言われまして！　それでね？　こっちもちょうどアナタにぴったりの仕事がありまして、こうなったら是非引き受けてほしいなって!!」

え？

どういうこと？

今ベラスアレス神て言った？　なんで軍神の名前がここで出る。

マスター就任

| Let's buy the land and cultivate in different world |

はい、俺です。

喫茶店の話を進めるよー。

魔族商人のシャクスさんから、魔都で開く喫茶店の予定地を見繕ったと連絡が来たので実際に行って確認しにいくことにした。

重要なことはこの目でたしかめないとね。

ということで転移魔法で魔都へと渡り、シャクスさんの案内で辿りついたのがここ。

「いい雰囲気ですね……！」

目の前には、いい感じに古びた洋館風の建物があった。

中に入るとカウンターがあって、いかにも飲食店という内装になっている。

「これなら建て替えとかする必要もなく、すぐ開店できそうですね。オークたちが寂しがりそうですが……」

建築マニアのアイツらは隙あらばすぐでっかい建物を拵えようとするから。

まあリフォームぐらいは必要かな？

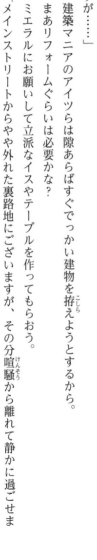

ミエラルにお願いして立派なイスやテーブルを作ってもらおう。

「メインストリートからやや外れた裏路地にございますが、その分喧騒から離れて静かに過ごせましょう。『雰囲気を大事にする』という聖者様の御注文に適《かな》うと思われます」

「大変いいですね！」

さすがシャクスさん。

俺の要望にピッタリと合った手ごろな物件を見つけてくるとは！　しかもこんなに手早く！

「凄《すご》くよい物件ですね！　きっと大人気なんでしょう!?」

それにカウンターやらなんやら必要な設備も揃《そろ》っていて至れり尽くせり。

こんな優良物件が、人目にもつかずここまで売れ残っていたなんて、何と幸運なんだろう!?

やっぱりお高いんですか？　地代が？

「ハハハ……、それがですね……」

なんかシャクスさんが乾いた笑いを漏らした。

「元々この土地には好事家が開いたバーがありまして。それこそ趣味全開で店内をコーディネートし、メニューにも拘《こだわ》り、完璧に自分好みな店に仕上げたそうなのです」

カウンターがあったりするのって、その名残？

でも今、空き家になってるってことは……？

「あまりにも自分好みを追求しすぎたがために客の理解を得ることができず、経営不振に陥って最終的には閉店しました。それ以来、新たな買い手も付かずに浮いたままとなっている土地です」

思ったより世知辛い来歴の土地だった。

「先にも言った通り、メインストリートから離れていますので人もあまり通りがからず、そういう意味でも厳しい立地です。その上、最初の経営者が心血注いで建てた店は細部まで拘り、壊して新しい店を立てるということもしづらく……!!」

ということで過去にも何回か、建物ごと利用して飲食店が新規開店されたこともあったらしいが、結局上手《うま》くいかず撤退していったという。

いわくつきの土地じゃねーですか。

「なので聖者様にも強くお勧めできる土地ではありません。他にも候補地はありますので、それらを一通り見終わってから決めていただくのが最善かと……!」

「ここにしましょう」

「えええええええええッッ!?」

即断即決の男、俺。

大通りからちょっと離れているのも隠れ家感があっていいし、何より建物の雰囲気が気に入った。

まさにザ・喫茶店となるべき立地だ。

多少の人通りの不利など撥《は》ね返して見せるさ。

俺のコーヒーにはそれだけの力がある!

「よ、よろしいのですか？　もちろん、こんなゲンの悪い物件なので料金は割安とさせていただきますが」

「一括払いで」

「上客ッ!?」

今までの色んな企画で入ってきたお金が唸《うな》るようにあるので。

ジュニアや、これから生まれる第二子を養育するためにも多少は蓄えておいてとプラティから言われているが、それを差し置いてもまだ唸るほどあるから大丈夫!!

「本当に聖者様は神様のような御方《おかた》です！　それでは開店準備のために入れる業者などは……!?」

「全部こっちでやるんで大丈夫です」

「ですよね……!?」

たとえ年季の入った良建築であろうと空き家の期間が続くと荒れるので、手直しはウチのオークチームにお願いしよう。

一から建てられないのを不満がるかもしれないが、既存のいい建物を間近に見る機会は勉強になって喜ぶ可能性もある。

テーブルや椅子などの調度品はミエラルたちエルフ木工班にお願いして、食器類調理器具の類も順次エルロンやポーエルに作製してもらって入れていく。

……エルフたちは自分らのお茶企画に傾注して脇目を振らないかもしれないけれど。

「金払いはとてもよろしいのですが、大抵のことは自分たちで完璧に行って余分にお金を落とさない……！　聖者様は手強《てごわ》いお客様です……！」

なんかすみません……!?

お詫《わ》びに土地代には多少色を付けて支払いますので……！

「しかし吾輩《わがはい》は商人！　商機をそう簡単には逃がしませぬぞ！」

「諦めない！」

「店を開くからには従業員が必要でしょう！　人材はこちらで用意することが可能です！」

と言って詰め寄ってくるシャクスさん。

「居酒屋ギルドに協力をお願いして、実働経験豊富な接客スタッフを三千人待機しております！」

「多い!?」

「聖者様のゴーサインをもらい次第、すぐさまこちらに馳《は》せ参《さん》じ、服務することができます。吾輩と、居酒屋ギルドマスターのサミジュラ殿が折り紙を付けた人材です！　きっと役立つことかと！」

いや、これから改装とかしないといけないんだから今すぐは無理だよ。

開店準備は必要。

それに……。

「もう店主は誰にするか決めてあるんですよね……！」

「ええッ!?」

今までシャクスさんに言ってなくて、すみませんが。

というわけでお入りください。

「この喫茶店でマスターを務めていただくことになったグレイシルバさんです」

「よろしくお願いする」

登場する中年男性。

引き締まった体つきに、歴戦を思わせる鋭い眼光。

一目でわかる、カタギじゃない気配。

それもそのはず、この人は幾多の修羅場を潜《くぐ》り抜けてきた元傭兵《ようへい》なのだから。

「こ……、この人を店主に……!?」

案の定、グレイシルバさんのただならぬ気配を感じ取ってシャクスさんが震えている。

恐怖で。

「あの………、この人見るからに真っ当な感じではありませんし……それに見た感じ人族ですよね？　魔国の首都では悪目立ちするのでは？」

「これからの時代はグローバルです」

魔族の街で人間族がコーヒーを淹《い》れて何が悪い？

きっかけは降臨したベラスアレス神の依頼で、彼の保護を引き受けたことだった。

戦争を司《つかさど》る神であるベラスアレス神は戦後処理にも相当気を配っていて、そんな中でグレイシルバさんのことに注目していたそうな。

犯罪者を取り締まるグレイシルバさんは、間違いなく戦後の混乱を収束させるのに大きく貢献していた。

しかし、このままいくと逆恨みした犯罪組織によって謀殺されてしまう未来を見たベラスアレス神は、神様として直接手出しできない代わり俺に対処を託したのだった。

「まさかオレの行いを神様がご覧になっていたとは……！」

そんな話をしてから、ことあるごとに感涙に咽《むせ》ぶようになったグレイシルバさん。

これが戦場帰りによくあるというフラッシュバックかな？

「その上このような救いの手を差し伸べてくださり、さらに新しい人生の舞台まで用意してくださるとは……！　ここまでしていただいたからには神と聖者様の御厚恩に全力で応えねば……！　斬った張ったしかできないなどと甘えたことを言わず、一生懸命コーヒーを淹れられるよう励まねば……！」

グレイシルバさんもやる気たっぷりなようでよかった。

「あの……ですが何故《なぜ》、彼をマスターに？　一連の流れは了解いたしましたが。彼を保護するにしろ、喫茶店のマスターを募集しているにしろ、その二つを結びつける必要はまったくなかったのでは!?」

と恐る恐るいうシャクスさん。

それは心得違いというものですよ！

「グレイシルバさんほど、この職場にうってつけの人材はいないよ」

「そうでしょうか？　せめて接客経験がある方がよろしいのでは!?」

わかってないなあシャクスさん。

「いいかい、彼は元傭兵なんだよ？」

「そのようですな……？」

「元傭兵の喫茶店のマスターなんて滅茶苦茶《めちゃくちゃ》カッコいいじゃないか!!」

一種のド定番だよ！

数々の修羅場を潜り抜けた傭兵が、引退後の余生として選んだ喫茶店のマスター！

決して愛想はよくないがそれでも誠実な接客に、次第と固定客がつき始め、平穏な日々がこのまま続くかと思われた矢先に現れる、因縁の戦友！

「……的な？」

「わけわかりませんが!?」

「とにかく喫茶店のマスターにとって元傭兵の経歴はステータスなんですよ。それを持つ彼こそマスターに相応《ふさわ》しい！」

けっこう悩んでいた喫茶店マスターの選出が、こんないい具合にあっさりいってよかった。

さすがはベラスアレス神。

人の縁を結ぶのは神様の十八番だね！

やあ、ボクの名はディアブロ！

十一歳だよ！

ボクんちはごく一般的な魔族の家庭で、金持ちでもなければ貧乏でもない中流階級さ！

だから魔族の一般家庭で起きることは大体ウチでも起きていると言っていいね！

たとえば夫婦喧嘩《げんか》とか！

まさに今、その真っ最中さ！

「私と仕事とどっちが大事なのおおおおおおおッッ!!」

これもありがちなセリフだね。

ここ最近パパが付き合いとか言って飲みに行くことが多くなって、そのせいでママがキレがちなのさ！

しかし今日の、結婚記念日をすっぽかしたのは大失敗だね！

それでママの堪忍袋がせつなさ炸裂《さくれつ》ってわけさ！

「そうは言っても仕方ないじゃないか！　先方との付き合いもあるんだし……！」

パパもありがちな弁明を述べるけど、今日のママはそれで引き下がるテンションじゃないよ！

今日のママは阿修羅《あしゅら》をも上回るのさ！

「毎日毎日、酒場の何がいいのよ!? 家で食べるごはんよりいいっていうの!?」

「そこまで言うならキミも飲み屋で飲み食いしてみたらいいじゃないか！ そうしたらわかるよ！」

ああッ!?

変に趣旨がズレていく上に売り言葉に買い言葉になっていくのよ！

どこに着地するというの、この話!?

「いいわよ！ だったら行ってやるわよ酒場に！ 実のところ私も前々からどんなところか興味があったのよね！」

「しかし待て、問題がある！」

「何なの？」

「酒場はお酒を出すところだから、ウチの子ディアブロを連れていけないんだ！ まさか一人で留守番させるわけにもいかないし……！」

「そうね、それは困ったわね……!?」

ああパパママ！

こんな夫婦喧嘩の最中でもボクのことを気にしてくれるんだね！

何せボクは二人の愛の結晶だからね！ 輝く一番星なのさ！ シューティングスター！

でもそういうことなら大丈夫ボクに任せてよ！

要は家族連れでも行ける、酒場みたいに楽しく飲み食いできる場所があればいいんでしょう!?

魔都の流行を押さえるボクのビンビンのアンテナによると、うってつけのお店が最近オープンしたって言うよ！

パパママとボクの三人で、そこへ行ってみたらいいんじゃないかな!?

＊　＊　＊

というわけでとても自然な流れで、ボクたちはやってきたよ！

この新規オープンしたお店に。

何でも喫茶店というらしいね！

どういう意味か知らないけど！

「落ちついた雰囲気だなあ……！」

まずは外観からチェックするよ！

真のレビュアーこそ、細かいところまで見るものなのさ！

「お洒落《しゃれ》な建物ねえ。なんだか中に入るのが楽しみになってきちゃう」

「来店からの雰囲気作りも酒場の基本だからね。……おっと、ここは酒場じゃなかったか。喫茶店というんだっけ？　一体どんなお店なのかな？」

話によると、お酒ではないけれどとても珍しい飲み物をメインに扱うお店らしいよ。

酔わないけれど、とっても刺激的な飲み物だって！

……ということがボクの市場調査によって判明しているよ！

「そうかそうか。では、どんな飲み物かたしかめてみるためにも早速入ってみるかな」

「あら、ちょっと待って」

ママが何かに気づいたようだよ！

お店の前に中庭となっているスペースがあるんだけど、そこに一体の像が飾ってあるよ！

鎧《よろい》を着た男性の像で、とても厳《いか》めしいよ！

「しかし、戦装束でありながら表情は優しく、生きとし生けるものを慈しんでいるような……！」

「彫像なのに優しげな心が宿っているかのようだわ。きっと有名な彫刻家先生の作品なんでしょうね……！」

パパママ！　これはきっと戦争の神ベラスアレスの像だよ！

ボク事前の調査で知ってるんだ！

初めて来るお店にはしっかりとリサーチしないとね！

「おや、そうなのかい？」

このお店の主人は軍神ベラスアレス様を信奉していて、だから店先に神像を飾っているんだ！

お店の名前も『ラウンジアレス（軍神の休憩所）』っていうぐらいだよ！

「ほう、食べ物お店に軍神の名前を付けるなんて珍しいなあ」

「でもあのベラスアレス像は、やっぱり本当によくできてるわあ。まるで本物。いつまで見てても飽きないくらい」

「ハハハハ、注文もせずにいつまでも店先にいたら、それこそ迷惑だよママ」

「そうよねパパ、うふふふ……！」

さあ、家族っぽいやりとりを終えたところでいよいよ店内に突入だよ！

言うなればここまでイントロ、これからが本編突入ということで気合を入れ直すよ！

ということでドアオープン！

「いらっしゃいませ」

ドア、クローズ！

何故《なぜ》ドアを閉めたかというと……。

店内で『いらっしゃいませ』と言った人の雰囲気が明らかにヤバかったからさ！

カタギじゃないよね、あの気配は絶対！

「……彼は店員かな？」

「知らないわよ、こういうお店はパパの方が詳しいんじゃないの!?」

いや、たしかに店員で合ってると思うよ。

それっぽいピッシリとしたスーツ着ていたしね。

でも一つ問題なのが……。

なんであんなに怖そうな人なの!?

超怖い。気配からして怖かったんだけど！

その眼光に射抜かれて、いたいけな子どものボクなんてビビってオシッコちびりそうだったよ！

怖いよあの店員！

殺し屋みたいな目をしてたよ！

「これは……別の店にした方がいいかもなあ」

「そうねえ、最悪家に戻ってママがお料理してもいいわよねえ」

ボクもその案に賛成だよパパママ！

勇気ある撤退も名将の条件だよ！　君子危うきに近寄らず！　ここは転進あるのみだよーッ!!

「はい、ご来店ありがとうございますー」

ぎゃあああああッ!?

ドアの方から開いたよッ！

ボクたちを逃すまいと飲み込むかのようだよおおおおおおッ!?

……あれ？

あの殺し屋のような目をしたオジサンの店員じゃない？

女の人だよ？

「喫茶店へようこそ！　私はウェイトレスのチェルチュです！」

ふぉおおおおおおッッ!!

メイド服だよ！　メイド服を着ているよ、このウェイトレスさん!!

メイドウェイトレスさんだよ！

「そうだな！　ロングスカートなんてよくわかっているな！」

メイド服のウェイトレスさんにパパもボクも大興奮だよ！

今決定しました、この喫茶店は星五つです。

ボクラン調べ。

「オホホホ……、飲食店なんだからウェイトレスさんぐらいいて当然でしょう？　知らないけれど」

「ぐぼぉッ!?」

あいたッ!?

ママから蹴られたよ、ふくらはぎ辺りを強烈に！

パパも蹴られてママ渾身《こんしん》の二連キックだよ！

「さあ折角だから入りましょう？　店の前で突っ立っていると迷惑よ？」

ぐッ、そうだね……。

と色々すったもんだはあったけれど結局入店することになったボクたちだよ！

さて、店内の席に座って、改めて落ち着くよ。

……内装もなかなかいい感じだね。

上品で統一感があって、これならボクのセンスも大満足だね。

外観もよかったし、メイド服のウェイトレスもいるし、お店の雰囲気自体はマジで星五つだね。

ボクラン調べ。

ただ一つ、あの超怖いオジサン店員を除けば。

お店の全体の雰囲気が落ち着いているのに、あのオジサン一人で緊張感がＭＡＸだよ。
どういう采配なのアレ？
そのオジサン店員は今、黙ってカウンターの向こうでコップを磨いているよ。
静かなのが余計に怖いよ。
「お待たせしました、こちらがメニューになりまーす」
このウェイトレスのお姉さんが救いだよ！
さーて、メニューメニュー。
何を頼もうかなー？

前回から引き続き十一歳児のディアブロくんがお送りしますという話だよ！

で。

早速メニューを覗《のぞ》いてみたところ……！

「わからん」

「わからないわ……！」

さっぱりわからないね！

全部こんな感じかと思ったら全部こんな感じだったよ！

「はい、当店で扱うメニューは特殊なものが多く、品名をご覧になっても『さっぱどわがんね』というお客様が多いです」

おお！

メイド服のウェイトレスさんが説明を！

「なので私からメニューの解説をさせていただきます。当店の代表メニューはコーヒーです。初めてご利用のお客様は、こちらをご注文いただければ間違いないかと」

「うむ、メニューの一番最初に載ってるものな……!?」

パパ、メイドさんをチラチラ見ながら言うよ！

「これはどう言った食べ物なんだい？」

「食べ物ではありません。飲み物です」

「飲み物？　じゃあお酒かい？」

「いいえ、アルコールは一切含まれておりません」

ということは！

このコーヒーこそが、このお店を代表する噂《うわさ》の飲み物なのかい!?

お酒じゃないけど、お酒と同じくらい飲み応えがあると！

ハイハイハイハイ！　ボクこのコーヒーにする！

「ディアブロは本当に流行ものに目がないなあ」

新しいものへ最初に突撃するのがイノベーターの務めだからね!!

お酒じゃないからお子様のボクが飲んでも全然問題ナッシングでしょう!?

「たしかにそうですが、それでもコーヒーはお子様には刺激が強すぎるかもしれません。こちらのカフェオレなどはいかがですか？」

「それは、どう違うんだい？」

「コーヒーに砂糖とミルクをたっぷり入れて、味をまろやかにしたものです」

そんなものまであるのかい!?

種類豊富だなあ！　一回で楽しみ切れないよ！

「私はそのカフェオレにしようかしら？　あまり刺激が強いのは嫌だわ」

「じゃあコーヒーはパパが頼もう。ディアブロは一口ずつ味見すればいいだろう？」

さすがパパ！　それぞれのメニューをシェアするなんて女子会みたいだね！

じゃあボクは、さらなる探究のために別のものを注文するよ！

そう言ってさらにいくつか注文したあと……。

「承りました、しばらくお待ちください」

と言ってウェイトレスさんが下がっていったよ。

さてさて、何ができるのかなあ。ワクワク……!!

「マスター、ご注文承りましたー」

「了解」

と言って動き出したのは、あの怖いオジサン店員だったよ！

え？　あのオジサンてっきり用心棒の類かと思いきや、ちゃんとした店員さんだったの？

注文を受けたおじさん、テキパキと動き出したよ！

ヤカンでお湯を沸かし、その間になんか取っ手のあるものを回してゴリゴリしだしたよ！

ああッ、そして何かの容器の中から真っ黒い粉を出して……！

何だろう？

何だかよくわからないけどカッコいい……!?

オジサンが手際よくコーヒーを淹《い》れる姿が、なんだか知らないけれど渋くてカッコいいよ……!?

「コーヒー上がったよ。カフェオレはもう少し待ってくれ」

「かしこまりー」

ウェイトレスさんが運んできて……。

「お待たせしました、コーヒーになります」

おお、これがコーヒーなのかい!?

真っ黒だよ！　真っ黒いお湯だよ！

「これがコーヒー……!?　人の飲み物なのか……!?」

「もちろんです。とても苦いので気をつけてお飲みください」

パパ、パパ！　一口ちょうだい一口！

………にげえ！

苦いよ！　滅茶苦茶《めちゃくちゃ》苦いよ！

苦すぎて舌が引っこ抜けそうだよ!!

「たしかに苦いなあ。しかし何だろう？　この苦味が不思議と落ち着く……！」

パパ!?　どうしたのパパ!?

なんか違いのわかる人みたいになってるよ!?

「ハハハ……、この苦味のよさがわからないなんてディアブロもまだまだボーイだな」

パパうぜぇ！

その隣でいつの間にやら届いていたカフェオレとやらを賞味するママだよ！

「私はこっちの方が好きねえ。ミルクで味がまろやかになっているわ」

「おや、もうなくなってしまった。コーヒーおかわり」

「私も」

コーヒーもカフェオレも大好評だよ!?

ああしかしそれ以上に……！　ボクの心をわしづかみにして放さないのは、あのオジサンのコーヒーを淹れる動作が、めっちゃ渋くてカッコいいことだよ!!

一切無駄がなく、一つの動作から一つの動作へと移り変わっていく際の淀《よど》みのなさ！

適切！　かつ迅速！

まるで一流剣士のチャンバラを見ているかのようだよ！

カッコいい！

オジサンカッコいいい！

「そう言ってくれるとマスターも嬉《うれ》しいと思いますよ」

ああウェイトレスさん!?

「マスターは開店に当たって、一生懸命コーヒーの淹れ方を勉強しましたからね。何百回も練習したみたいですよ」

「チェルチュくん、無駄口叩《たた》いてないで仕事しなさい」

「マスター照れてるぅ」

ふぉおおおおおッッ!!

渋いよ！　このマスター渋いよ！

ボクの子ども心にビンビン反応するよおおおおおおッッ!!

最初はマスターこそこの店の問題点かと思ったけど、まったく逆!

余所《よそ》のお店にはない名物になること請け合いだよ!!

「そこの坊やの注文上がったよ、待たせてすまなかったな」

あ、そういやボクも何か注文してたよ。

パパやママと被《かぶ》らないように知らないものを選んだんだけど……、何頼んだんだっけ?

「クリームソーダでございます」

ほんげえええええええッッ!!

何コレ!? 何コレえええええええええッッ!?

まったく得体の知れない飲み物だよ!

緑色で! 液体の中に泡があるよ!? そして上に乗っているクリームは何いいいいいいッ!?

うめえええええええッッ!?

一口飲んで口に広がるシュワシュワとした広がり!?

なんだこれはあああああああッッ!?

上に乗っているクリームも冷たいよ! ひんやりしていて、あえて言うならアイスクリームだよ!

ソーダと接している辺りからジワジワ溶けだして、混ざっている部分をスプーンで一掬《ひとすく》いして食べるとまたうまああああああッッ!?

「どういうことディアブロ!?」

「ちょっとパパにも一口食べさせてごらん？　なあ？」

嫌だよ！

このクリームソーダは一口たりとも他のヤツらに渡すものか！

親の金で食うクリームソーダが美味《うま》い！

まあでもボクの心は広いから分け与えてあげるけどね。何様。

「おほおおおおおッッ!?　これは美味《おい》しいい!?」

「冷たくてシュワシュワだわ！　新食感だわ！」

パパママも新鮮なクリームソーダの刺激の虜《とりこ》となったようだね。

お店の雰囲気もいいし、マスターは渋くてカッコいいし、何より肝心のメニューが素晴らしい！

コーヒーのよさは子どものボクにはまだわからないけれど……！

発表します！

この店はボクラン調べで星十個だあああああッッ!!

「お待たせしましたー」

「あら、まだ注文が残っていたわ」

そうだった。

飲み物だけじゃ何だって言って軽食も頼んでいたよね。

飲み終わった頃に来た！

「ホットケーキでございます」

　ほんわああッッ！！！！！！！！

　何これええええッッ!?

　甘くてふわっとした生地がふわふわああああああッッ!?

　シロップが流れ落ちていくよおおおおおッ!?

　バターがジワジワ溶けていくよおおおおおおおおッッ!?

　たっぷり乗ったホイップが映《ば》えするよおおおおおッッ!?

「これは美味しい！　これは美味しい！　全然足りないおかわり!!」

「腹いっぱいになるまで食べたいわ！　これじゃ軽食にならないわああああッ!?」

「コーヒーもお代わりだあああッ！　ジャンジャン持ってきてええええッ!!」

　パパとママもすっかり喫茶店の虜になって！

　修正するよ！

　ボクラン調べでこのお店は星百個だよおおおおおおおおおッッ!!

　明日も来よう！　ボク大人になったら絶対通うよこの店！

　仕事中の休憩場所に使うよ！

訪れる客：サボリ編

我が名はオルバ。

偉大なる魔王軍四天王『堕』のベルフェガミリア様の補佐を務める者である。

……いや、今となってはベルフェガミリア様は魔軍司令の職権を下賜され、もはや魔王軍の最高権力者。

ほんの数年前よりもその存在は遥《はる》かに大きなものとなっている。

そんなベルフェガミリア様の助けとなるようにこの補佐官オルバ、全力を尽くさねば！

……と、いつも思っているのだが。

「うわーい面倒くさーい」

いつものように怠けまくっている我が主であった。

上司ベルフェガミリア様が自堕落であることは今日に始まったことではない。

それでも魔軍司令の座につき、より大きな責任を負えば少しは気も引き締まるかと思いきや、まったくそんなことなかった！

今日も軍務もそこそこに、絶賛自堕落中。

「…………ベルフェガミリア様？　午後から軍議があったはずでは？」

「それならマモルくんに代わってもらったよー。いいよね彼、真面目で誠実で」

同じ四天王で責任感のある人に負担が集中している!?

ダメですよ！　いくらマモル様が苦労性で何でも率先して引き受けて、かつ有能だから結局は何でも解決してしまえるからって！

すべてをあの人に丸投げしたら!!

「あ、そうだオルバくん今暇？　なんか街によさげなお店ができたって言うから一緒に行ってみようよ？」

「暇じゃないですよ!?」

ただ今絶賛職務中ですよ!?

しかし私ごときがベルフェガミリア様を説き伏せられるわけもなく、押し切られる形であの御方《おかた》のお供をすることになってしまった……!!

＊　＊　＊

そしてやってきたのが、何やら飲食店と思《おぼ》しきかまえの建物だった。

もしや酒場ですか？

いくら何でも最高司令官が昼間っから飲酒をしては軍の規律が……!?

「ダイジョーブイスリー、ここはお酒を出さないお店だよ。代わりになんか変わったものを飲ませてくれるんだって」

変わった飲み物？

何だろう？　よくはわからないが上司がズンズン進んでいくため、私もあとを追って入店するしかない。

カランコロン。

おっ、何だ？

ドアにベルがついていて、開け閉めするたびに鳴るのか。面白い仕組みだな。

「いらっしゃいませ、二名様ですねー？」

それで客が来たことにいち早く気づく仕組みか。見事だな。

「巷《ちまた》で噂《うわさ》となっているコーヒーというのを飲みに来たんだけど、ある？」

「もちろんですよー」

「深煎りでガッツリ濃いのをちょうだいねー。ミルクと砂糖は抜きで」

「かしこまりましたー」

……あの？

ベルフェガミリア様、ここには初めて来たんですよね？

注文慣れてません？

「いや、こういう風に注文するのが通らしいよ。友だちに教えてもらった」

誰ですその友だち！

魔軍司令なんだから人付き合いにも気を付けてくださいね！

「お連れの方は何になさいますかー？」

「お、同じものを……！」

どこでも通じる魔法の言葉。

注文を受けたウェイトレスが奥へ戻ると、改めて二人だけでテーブルを挟み、静寂が訪れる。

……いや、それほど静寂でもないな。

店内はそれなりに席が埋まっていて、そこかしこから賑々《にぎにぎ》しい話声が聞こえてくる。

なかなかに盛況のようだ。コーヒーとかいう謎の飲料がそれだけ人気ということなのだろうか？

見回してみると……あっちの席に座っているのはパンデモニウム商会の商会長シャクス殿ではないか？

食通との評判高い彼が利用しているなんて、やっぱりここで飲めるコーヒーというのは凄《すご》く美味《おい》しいもの!?

しかも……、シャクス殿の向かい側に座っているのは居酒屋ギルドのマスター!?

あの二人は犬猿の仲だったのでは!?

「こらこらオルバくん」

なんでしょうベルフェガミリア様!?

「店内をキョロキョロしてはいけないよ。他のお客さんに迷惑じゃないか」

「は、はい……！　そうかもです……!?」

「ここに来る人は、一時の落ち着きを求めているんだ。それをジロジロ眺めていたら気になって安らげないだろう。ヒトの休息を無暗《むやみ》に邪魔してはいけないよ」

まったくその通りなのですが。

それだけ他人を気遣いできるなら、同じ魔王軍の部下たちを気遣ってもらえないでしょうか!?

「ところでオルバくんは彼女と上手《うま》くいってるの？」

「その……、彼女は今の仕事がとても充実しているらしくて……!?」

とめどもない話をしていると、ついに注文のコーヒーがやってきた。

「おまたせしましたー」

これがコーヒーッ!?

黒くて泥のような!?

「これ人が飲むものなのですか？　どこからどう見ても……!?」

「大体みんなの感想がそうらしいよ。でもまあ飲み物の判断は飲んでから下そうじゃないか」

そう言って一口……。

「苦い、それがいい」

そうですか？

私は苦いのがダメなんで案内通りにミルクと砂糖入れて飲みますが……。

「苦過ぎて頭を殴りつけられたようですよ。ぼんやりしたところが一気に吹き飛びました」

「うん、それ苦いせいじゃないらしいね。コーヒーの効能なんだって」

え？

「コーヒーには覚醒作用というのがあって、眠気を覚まし、意識をスッキリさせるんだそうだ。気分がだるくて仕事が捗《はかど》らないときにピッタリの飲み物だね」

それが本当ならば、こんなにありがたい飲み物はないじゃないですか！

問題はそれを飲んでる目の前の人が、何が起こっても働こうとしないことだけどね。

「なら意識がスッキリしたところで、今からでも戻って仕事しませんか？」

「いやー、しかしここは落ち着くねえ。雰囲気もいいしコーヒーは美味《うま》いし、何日でもいれちゃう」

ダメだ。

この喫茶店の居心地がよすぎてベルフェガミリア様、本格的に腰を据えつつある。

ここもしかしたら……。

ベルフェガミリア様の格好のサボりスポットにッ!?

たたでさえ停滞しがちなこの人の仕事がますます進まなくなる！

その分マモル様にさらなる負担が!?

「よぉーし、小腹もすいてきたから、この十三段ホットケーキとかいうのを頼んじゃおうかなー？

オルバくんも好きなの食べていいよー、僕の奢《おご》りー」

「わぁいたくさん食べるぞー！　とか言うと思いましたか!?　いいから帰って仕事しましょう！

酒飲まなきゃ許されるわけじゃねえんだぞ！」

しかし補佐役の私の言葉など虚《むな》しく、この困った上司を改心させることなどできない。

一体どうすれば!?

ああ仕方ない四天王のマモル様、アナタ一人で頑張って!!

「…………ッ!?」

するとどうしたことだろう?

突然ベルフェガミリア様の表情が変わり、カタカタ震え出した。

顔面蒼白《そうはく》で視線は泳ぎ、動作も挙動不審。

「いきなりどうしたんですベルフェガミリア様?」

「何故《なぜ》……!?　何故アイツがここにいるんだ……!?」

アイツ?

なんとか上司の視線を追ってみると、その先にいたのは切れ味鋭い雰囲気の中年男性。

カウンターの内側に立っているのを見ると、この店の従業員かな?

しかし、あの肌の色は人族?

魔都で働く人族など珍しい。

「そんな話じゃない……!　ヤツは……ヤツはこの世でもっとも恐ろしい男の一人なのだ……!」

どういうことです?

これでも一応、魔王軍最強であるベルフェガミリア様が恐れる相手なんているはずが……!?

「キミは若いから知らないだろうが過去、僕は何度もあの男に苦杯をなめさせられた。人魔戦争中、あの男が率いる傭兵《ようへい》部隊は一番嫌なタイミングで現れ、一番嫌なところを突いて魔王軍を半壊させた。人間軍の傭兵隊長『燻《いぶ》し銀《ぎん》』のグレイシルバとはヤツのこと……！」

当時のことを思い出したのかベルフェガミリア様の体がブルブル震え出した。

この人にも戦場でのトラウマなんてあったのか……？

「し、しかしいくら何でもベルフェガミリア様より強い者がいるなんて信じられませんが……？」

「剣の強さだけが戦場の強さではないんだよ。特にグレイシルバは部下を率いさせたら厄介この上なく、とても粘り強い用兵をする男だ。魔王軍にとって幸運だったのが、ヤツが傭兵でせいぜい一部隊の指揮しか任されなかったことだよ。もし将軍にでもなっていたら、魔王軍はヤツによって倒されていたかも……」

そんなに!?

そんな男が何で、こんなところで飲食店経営をしてるんですかね!?

とか混乱していたら……ヒィッ!?

噂の最悪傭兵が、いつの間にか私たちのテーブルのすぐ傍《そば》へ!?

いつの間に!?

「コーヒーのおかわりをお持ちしました」

「まだ注文してないけれど」

「この店からのサービスです。……で」

傭兵の鋭い視線が、ベルフェガミリア様を刺す！

「あまり部下を困らせてはいけませんな？　下にいる者よりたくさん働くのが上に立つ者の務めで

しょう？」

「申し訳ありません！　すぐ仕事に戻ります！」

「折角淹《い》れたコーヒーを飲まずに？」

「申し訳ありません！　一滴も残さず飲み干してから仕事に戻ります！」

「そう、大切なのは緩急の入れ替えだからな。疲れた時はまた来るといい。コーヒーを飲んで頭をスッキリさせるのだ」

ベルフェガミリア様を説き伏せるなんて……！

そんなことできる人間がいたんだ!!

＊　＊　＊

いっそこの人を秘書官にでもしようと思ったが、喫茶店のマスターの仕事が大事と言われて断られた。

そしてベルフェガミリア様はこんな天敵のいる喫茶店でも、ちょくちょく通っているようだ。

それだけコーヒーが気に入ったってことかね？

それで長居するとマスターに怒られて帰ってくるから、それで釣り合いとれていることにするか。

番外編　喫茶店の来訪者

―Let's buy the land and cultivate in different world―


オレの名はグレイシルバ。

ついこの間まではしがない傭兵《ようへい》崩れであったが、とうとう引退を果たして今じゃカタギとして穏やかに暮らしている。

それもこれもすべては聖者様のお陰。

傭兵稼業として身に染みた恨みやしがらみから、オレは傭兵として死ぬことしかできぬと思っていた。

それを、あらゆるしがらみを切り離し、第二の人生として過ごす場所まで提供してくださったのは、すべて聖者様の配慮によるもの。

聖者様はまさしく俺の救い主と言えよう。

そんなオレの今の肩書は、マスター。

喫茶店、ラウンジアレスのマスターだ。

聖者殿が趣味で立ち上げたという喫茶店の店番というか……実経営の担当者としてオレがスカウトされ、その地位に就いた。

喫茶店でのオレの過ごし方は日がな一日コーヒー豆を挽《ひ》き、コーヒーを淹《い》れ……。

在庫を確認したり店内の掃除をしつつ、たまにやってくる客の話し相手になってやる……と言ったところだ。

傭兵時代には想像だにしなかった穏やかな日々を、オレは心より満喫していた。

……さて、今日も店を開けるか。

こんな変わった店でもありがたいことに、ひと時の憩いとコーヒーの苦みを求めてチョイチョイとお客さんが訪れてくれる。

はたして今日は、どんな客と出会えることだろうか。

＊　＊　＊

カランコロン。

ドアベルが鳴って来店を告げる。

「たのもーなのだー」

店に入ってきたのは、まだ十代ともつかぬ若い少女。

普通であれば、このように幼い客が訪れたら『お嬢さんどうしたの？　パパかママは？』と保護者を探すところであるが……。

既に見知ったこの顔を確認して、そのような真っ当な対応はポカだ。

「ヴィール様、ご来店いただきありがとうございます」

「うむ、苦しゅうないのだー」

見た目は少女のようでいてこの御方《おかた》は、全生物の頂点に立つドラゴン族の一角、ヴィール様。

最強種族にかかれば姿を人間に変えることも朝飯前。

この方が本気になれば魔国も人間国もその日のうちに滅び去るというのだから雑な扱いはできない。

すべてのお客様に対してそうであるが、丁重におもてなしいたさねば。

「ご注文はいかがなさいますか？」

「うむ、いつものをもってくるのだー」

常連気取りの流暢《りゅうちょう》な注文。

いや実はこのドラゴン、本当によく来店しているからな。

こちらも慣れたもので、いつも頂いている注文をそのままに食器を用意する。

「お待たせしました。コーヒーとドーナツセットです」

「うぐぉおおおおおおおおッッ!!」

皿に盛られた複数のドーナツをパクつく。

このドーナツは、『コーヒーを飲むにも肴《さかな》はいるだろう』という聖者様の配慮で送ってもらえる甘味だ。

品目には色々候補があったが、日持ちして取り扱いも容易ということでドーナツに決まった。

ヴィール様のお目当ては、このドーナツということで定期的にお越しいただいている。

「しかし農場にお住みのアナタならドーナツぐらい毎日食べられるのでは？」

「意外とそうでもないのだ。ご主人様はおやつのローテを決めてるからな。しかしここに来れば日々のおやつにプラスしてドーナツも味わえる！　まさに一石二鳥なのだ!!」

強欲。

そしてこのケースを一石二鳥と評するかは判断に困る。

さらにヴィール様は、ドーナツの合間合間にコーヒーをチビチビすすり……。

「にがっ」

と顔をしかめた。

コーヒーにミルクも砂糖も入れていないからな。苦みが強いのも仕方ないが。

「ふんッ、この苦みをわかってこその大人なのだ！　他のガキどもは無理らしーが、おれ様にかかればこれくらい、水と一緒なのだー!!」

と言ってブラックを一舐《ひとな》めしては顔をしかめていた。

あれはあれでドーナツの甘みが引き立っていいかもとは思うが、苦みがキツいなら素直にそう言えばいいのに。

人間にもそういうヤツはいるが、ドラゴンもプライドが高くて大変だな。

そうしてヴィール様はドーナツに満足して退店されていった。

そのあと次なるお客がドアベルを鳴らす。

カランコロン。

今度は親子連れだった。

「こんにちはグレイシルバさん、席空いてるかしら？」

「お気遣いなく。ここは満席を気にするような店じゃないですよ」

「まあまた、最近魔都の中でも結構評判よ、この店」

落ち着いて若奥様の風格が備わっているのは、聖者様の奥方プラティ様。

ご子息のジュニア様を連れて来店くださった。

「この子がまたメロンクリームソーダを飲みたいみたいで……子どもってホント、ああいうわかりやすい色の食べ物好きよね」

ではご子息のために早速メロンソーダを用意しましょう。

「旦那様に頼んで作ってもらってもいいけれど、こういう場所だとまた趣が変わるのよね。食べる環境でより美味《おい》しくなるってヤツ？　旦那様がこの店を立ち上げた理由もわかる気がするわ」

オレもこのお店のお陰で随分救われました。

さあ坊ちゃん、出来立てほやほやのメロンクリームソーダですよ。

「……さわやかになる、ひととき」

「あたしは紅茶でもいただこうかしら？　レモンティーをアイスで」

プラティ様の実に優雅な物腰で、お店全体の雰囲気まで落ち着いてきた矢先……。

またドアベルが鳴った。

ガラン！　ゴロゴロン！　ガコンガコン!!

「こんちはー！　いやあっちぃ、あっちぃ！　外あっちぃー！」

「喉渇いた喉々!!　水ちょうだい水、みずー！」

今度来たお客さんはかなり騒々しかった。

今までの落ち着いた雰囲気が一瞬にして吹き飛ぶ。

「いやー、やっぱ外歩いてからの休憩所はここが一番よねー！　冷たいもの飲めるし！　ねー店員さん注文まだーッ!?」

「お絞りも欲しいんですけどー!!　顔も拭きたいから二枚もってきてー！……あ、備え付けの砂糖舐めちゃお！」

あまりにも騒々しく、これでは店の雰囲気にそぐわなくなってしまう。

オレはやむなく新たなお客さんへと向かう。

「申し訳ありませんが、他のお客様の迷惑になりますので声を抑えていただけませんでしょうか？」

「えー、いいじゃん少しぐらい！　それに賑《にぎ》やかな方が雰囲気が明るくなっていいでしょ!?　こちとらこの店のために騒いでやってるのよーッ！」

口で注意しただけではまったく取り合ってくれなかった。

オレは、少しだけ声を張り詰めさせて……

「……お静かに、願えませんでしょうか？」

「はい……ッ!?」

気持ちを込めて伝えれば、相手もわかってくれるものだ。

「あーあー、さすがに歴戦の傭兵による眼力は半端ないわねえ。それにしてもマナーを弁《わきま》えない輩《やから》は見苦しいものだわ」

プラティ奥様。

おくつろぎのところ煩《うるさ》くしてしまい大変申し訳ありません。

ご不快のことと存じます。

「いいのよ。何より不愉快なのは煩いことじゃなくて、その煩い元凶が実の妹ってことなんですからね。ねえエンゼル？」

「んがががががッ!?　お姉ちゃんが何故《なぜ》ここに!?　やめてアイアンクローやめて!?」

「あぁ？　アタシが喫茶店で茶ぁしばいてて何か悪いの？」

なんとあの迷惑客の一人はプラティ様の妹さんだったのか。

では残るもう一方は？

「レタスレート！　アンタも同罪よ!!」

「ひぃッ!?　すんません!!」

「アンタ最近は落ち着いたかと思ったらバカ妹とつるむことで知能指数がふりだしに戻るんだから！　友人はちゃんと選びなさい！　腐ったミカンと同じ箱に入ってたら自分まで腐っちゃうわよ！」

「その腐ったミカン、アナタの妹なんですが!?」

プラティ様、激高した挙句アナタ自身も相当騒々しくなっておられるのですが？

もはや喫茶店の落ち着いた雰囲気も何もあったものではない。

まあ、こういった賑やかな雰囲気も、それはそれでいいものだが……。

その一方でジュニアお坊ちゃんは一人メロンクリームソーダと向き合い、その輝くような緑色と、シュワシュワの炭酸。冷たいアイスクリームと、それが少しずつ炭酸と解け合う味わいを堪能していた。

「しょくじとは、食材や料理とのかいわ……」

……こんな小さな子どもの方が、大人たちよりよっぽど静寂を楽しんでいるのはちょっとどうなんだろう？

ともかく坊ちゃんに少しでもメロンソーダに没頭してもらうために、騒いでいる連中から席を少し離した。

「……ともかくアンタら、なんで魔都をブラついてるのよ？　魔族の都にとりわけ用事なんてないでしょ？」

「フン、甘いわね。私には何より重要な使命があって、ここを訪れる必要があったのよ！」

プラティ様からの冷ややかな視線へ、レタスレート王女が勇敢に答える。

……レタスレート王女だよなアレ？　かつての人間国王女の？

「そう、私は丹精込めて作った豆を魔都にも広めるために直接営業に出ているのよ！　魔都の商店で豆を売ってもらうように!!」

「アタシは面白そうだからくっついてきたのよ!!」

と堂々言うプラティ様の妹さん。

それらを見てプラティ様は頭を抱えた。

「また妙な野望を抱えて……!!」

「というわけでここの店主さん！　ここでも豆を置かない!?　コーヒーの付け合わせにとてもいいと思うのよ!!」

なんか押し売りされている。

そういわれても……豆ですか。

知ってます？　コーヒーって原料が豆なんですよ？

そのコーヒーの付け合わせに豆を出したら『豆と豆がダブッてしまった』とかなりませんか？

「大丈夫よ！　農場での朝食では味噌汁《みそしる》（大豆）と豆腐（大豆）に醬油《しょうゆ》（大豆）をかけて食べるのよ！　そんなの正気の沙汰とは思えないのに誰もおかしいと思わない！　つまり豆はいくら被《かぶ》っても問題ない食べ物なのよ!!」

言われてみれば確かに。

うーんそれならお試しでメニューに入れてみるのも吝《やぶさ》かではないなと思い始めた時に。

カランコロン。

「レタスレート、遅くなりました」

「あらホルコスちゃん。随分交渉が長引いたのね」

「はい、その分粘り強い交渉の結果、納豆をお店に置いてもらえることになりました。こちらでも芳しい成果を目指したく思います」

突如入店してきた、王女の友だちらしい女性。

その女性が手に何かを持っている。

「こちらの納豆を喫茶店のメニューに加えれば売り上げ倍増、話題騒然間違いなし。今なら納豆用特製シェイカーをお付けしますがいかがでしょう?」

まさかそれも売り込みに来たというのか!?

それはさすがに匂いが!?

あの……コーヒーや紅茶は香りを楽しむものでもあるので、別に匂いの強いものがあるのは不都合と言いますか何と言うか……。

「問題ありません。匂いというものは異なるものが混ざり合ってさらなるシナジーを生むものです。納豆を置くことによって新しい楽しみが生まれる可能性もあります」

「そうよ! ホルコスちゃんの納豆と一緒にアタシの豆も置きなさいよ! 今、魔都で人気ナンバーワンの喫茶店で取り扱いがあれば知名度も爆上がりだわ!!」

レタスレート王女まで迫ってきた。

くッ、どうすればいいんだ!?

傭兵稼業の長かったオレにとっては女性の扱いなんていまいちわからねえ!

まさかぶん殴って叩《たた》き出すわけにもいかないし……。

「ふりゃ、おりゃ、てい」

「「ぐぶごッ!?」」

とプラティ様がぶん殴って叩き出した。

あの豆激推しコンビだけでなく、特に何もしゃべってなかった妹さんまで殴ったのは何故!?

「悪いわねー、アタシんとこの身内が迷惑かけて。もうちょっとゆっくりしてたかったけどコイツら引きずって一旦農場に帰るわ」

は、はあ……。

「ジュニア、行くわよー。またメロンソーダ飲みにきましょうねー」

「このわざとらしいメロンあじ……」

またのお越しをお待ちしております。

……。

一気に静かになったな。ひとまず窓を開けて換気しておくか。

カランコロン。

またお客様が。いらっしゃいませ。

「茶を一杯もらおう」

カウンター席に座るなりそういう客は、長くとがった耳を持つエルフだった。

エルフとは、また魔都には様々な客が訪れるな。

しかし……。

「お茶ということは、紅茶でよろしいでしょうか?」

「違う！　茶と言えば緑茶に決まっているだろう！　そんなことも弁えられないのかこの店は!?」

また面倒くさそうな客が来た。

「私はエルフのエルロン！　世界全土に茶と茶器の素晴らしさを伝えるために活動している！　この店にも是非緑茶を置くように勧告しにきた!!」

いえあの、ここはコーヒーをメインにお出しする店なので、急なメニュー追加はどうも……!?

「なんだと!?　ここは紅茶やメロンソーダも置いているのに、何故緑茶だけがダメなんだ!?　お客の様々なニーズに対応できるようにしろ！」

そう言われましても……。

「今、契約してくれるなら私が自作した大名物黒茶碗《おおめいぶつくろぢゃわん》を進呈するぞ。飲み物を注ぐ器にも拘《こだわ》った方が商売も捗《はかど》るだろう、どうだ!?」

だいぶ質《たち》の悪い押し売りだった。

先ほどの豆売りにも匹敵するが、あの時はプラティ様が居合わせてくれたお陰で代わりに捌《さば》いてくれたが、今回はオレ一人だけでどうにかしないといけない。

「ここまで言っても受け入れないとは強情なヤツ……。ここは最高の助《すけ》っ人《と》に来てもらうしかないようだな」

最高の助っ人!?

この期に及んでまだ誰か出てくるのか？　お客さんがたくさん来てくれるのは接客業としては有難いが。

そうこうしているうちに店内の雰囲気がいきなり変わった。

淀《よど》み凍《い》てつくような……!?

この気配の源は……あの人物か!?

「ノーライフキングの先生！　どうかこの西洋かぶれに緑茶の素晴らしさを教えてあげてください！」

待て待て待て！

それってノーライフキングを使って緑茶を使わせようというのか!?

それって脅迫じゃないか！

ノーライフキングからの要求なんて拒めるわけがないだろう!!

……と思ったらノーライフキングさん、スタスタと店内を進むとカウンター席に座り……。

『コーヒーを一杯もらおうかの』

え？

普通にコーヒーを飲むんですか？

マスターたるもの注文を受ければ応えぬわけにはいかない。

すぐさま豆を挽き細心の注意を払ってお湯をドリッパーに注ぐ。

「お待たせしました」

コーヒーを一杯差し出すと、ノーライフキングはそのまま一気に飲み干す。

ミルクも砂糖も入れず豪快に。

『うむ、美味《うま》い』

「『え!?』」

『エグ味もなくサッパリとしていながら深いコク。焙煎《ばいせん》から細心の注意を払ってコーヒー豆の美味い部分だけを抽出したのがわかる。ここはいい店じゃの』

お褒めにあずかり光栄です？

そしてエルフの方が困惑する。

「どういうことですか先生!? てっきりコーヒーなど全否定して緑茶を置いてくれるように進言してくれるものかと……!?」

『ワシはどちらかを一方的に否定したりはせぬよ。コーヒーもお茶も両方美味しいね、でいいではないか。特にこのように丁寧な仕事を心掛けた一杯には無条件の賞賛を送らねばの』

ノーライフキングは思った以上に公正な意見の持ち主だった。

一体何でこの方を連れてきたんだエルフ？

「だって……お年寄りだから緑茶の方が好みかと……」

ただの先入観じゃないか。

とりあえず緑茶についてでは取り扱いを検討するということでその日は帰ってもらった。

だというのに何とかいう茶碗は置いていきやがった。

仕方ないので店の棚に飾っておいたら、あとから来た別の客に『通だね』と褒められた。

どういうことだ？

＊　＊　＊

カランコロン。

閉店間際の夕方に最後の客が訪れた。

「聖者様いらっしゃいませ」

「うん、エスプレッソを」

短く注文して席に座る。

この方もよく様子を見がてら店を訪ねてくれる。

俺に第二の人生をくれた尊い御方だ。おもてなしに不備があってはならない。

「お待たせしました」

「ありがとう。……相変わらず美味しいね」

オレの出したコーヒーを味わってから一言。

「あの……最近ウチの農場の連中もこの店に来てるようだけど、どんな様子？」

とおずおず尋ねてこられる。

「個性的なヤツが多いからさ、グレイシルバさんに迷惑をかけていなければいいんだけど」

なるほど今日はそれを気にして来店くださったのか。

オレは穏やかな笑顔を浮かべて言った。

「いいえ、皆いい人たちばかりですよ」

あとがき

皆さんとまたお会いできて嬉《うれ》しいです。

岡沢六十 四《おかざわろくじゅうよん》です。

『異世界で土地を買って農場を作ろう』十六巻は楽しみいただけましたでしょうか？

今回は主なエピソードの一つとしてコーヒーにまつわる話が大量にありました。

私自身けっこうなコーヒー好きで専門のお店からコーヒー豆を買ってみずからミルで挽《ひ》いて飲みます。

きっかけはかつての職場の先輩がそうやってコーヒーを飲んでいたからで影響を受けたのですね。

それでも最初はインスタントコーヒーを飲み、そこから粉コーヒーを買って、豆から挽く……と段階を経ました。

焙煎《ばいせん》までするようになることは多分ないと思います。


ただコーヒーと言えばとにかく好き嫌いの分かれる飲料になるかと思います。

だって苦いし。

『苦味』と言えば味覚の種類の中で、薬物や毒物などに反応する時の味です。

だから苦味を嫌っても全然おかしいことじゃないし、むしろ自己防衛本能として真っ当ですらある。

しかしながら様々な創作物でのセオリーとして『コーヒーは大人の飲み物』『コーヒーが飲めないとお子ちゃま』などといった風潮があり、本作もそうしたやりとりを取り入れたりしました。

そうした傾向は、ミルクも砂糖も入れないブラックコーヒーならばさらに顕著ですね。

私も日頃からガブガブとコーヒー（しかもブラック）を飲んでいるのでその点、大人と呼べるのかもしれません。

しかし同時に思うのです。

『飲み物一つで大人かどうか決まるわけねえだろう』と。

個人的に大人の条件とは『責任をとれること』だと思っています。

自分自身の責任をとれて子どもを卒業。自分以外の他人の責任もとれるようになってやっと、ちゃんとした大人だと。

嗜好品《しこうひん》などで大人かどうかは決まらない。

自分自身への戒めも込めてブラックコーヒーを飲めるぐらいで大人ぶるなかれ、と思っています。

だから皆さんも、コーヒー牛乳しか飲めないとしても全然気にしないでいいです。

どんな形であれ味を楽しめれば人生の楽しさが広がる……と言うことだと思います。

そもそもコーヒーに何も混ぜずに純粋にコーヒーの味を楽しむ……というのは日本だけの変態的な行為だと思います。

本編でも書きましたし、実際に調べたことではないので完全な偏見ですが、本来のコーヒーの源流であるヨーロッパではミルクと砂糖を入れるのが多数派で、向こうでは緑茶ですら砂糖を入れて飲むそうです。

向こうの人々が日本にやってきてペットボトルのお茶などを飲むと『砂糖入ってねえ!?』と驚くんだとか。

そんな土地柄なので砂糖とミルクを入れて飲むことがむしろ普通であり、ブラックコーヒーなど変態の発想なのだとか。


では逆になんで日本人は砂糖入れずに飲むの？　と考えると、やはりコーヒーの渡来以前から親しまれてきたお茶の影響があるのかな、と思いました。

お茶には何も入れません。

お茶そのものの渋味甘味を楽しむ方式が、コーヒーにも影響をもたらし、ブラックコーヒーを楽しむ下地ができたのかなと思います。

コーヒー紅茶を楽しむ文化圏では緑茶にも砂糖を入れて……。

緑茶を楽しむ文化圏ではコーヒーに何も入れずに飲む。

どちらも元来の習慣が影響を与えると考えると非常に面白いですね。

……ということをコーヒーを飲んでいる時に考えていました。

愚にもつかないですね。

皆さんも何かを食べたり飲んだりする時に、思うこと考えることがあるでしょうか?
そんな思考が、口に入れるものを益々《ますます》美味《おい》しくしてくれるのかもしれませんね。

それでは今回も異世界農場を楽しんでいただきありがとうございました。
最後に謝辞を。
イラスト担当の村上《むらかみ》ゆいち先生、担当編集様、そしてこの本に関わってくれたすべての方々に、
ありがとうございました。

異世界で土地を買って農場を作ろう 16

発行　2024年3月25日　初版第一刷発行

著者　岡沢六十四

イラスト　村上ゆいち

発行者　永田勝治

発行所　株式会社オーバーラップ
〒141-0031
東京都品川区西五反田8-1-5

校正・DTP　株式会社鷗来堂

印刷・製本　大日本印刷株式会社

ISBN 978-4-8240-0767-4 C0093

【オーバーラップ　カスタマーサポート】
電話　03-6219-0850
受付時間　10時～18時(土日祝日をのぞく)

作品のご感想、ファンレターをお待ちしています

あて先：〒141-0031　東京都品川区西五反田8-1-5 五反田光和ビル4階　ライトノベル編集部
「岡沢六十四」先生係／「村上ゆいち」先生係

スマホ、PCからWEBアンケートにご協力ください

アンケートにご協力いただいた方には、下記スペシャルコンテンツをプレゼントします。
★本書イラストの「無料壁紙」　★毎月10名様に抽選で「図書カード(1000円分)」

公式HPもしくは左記の二次元バーコードまたはURLよりアクセスしてください。
▶ **https://over-lap.co.jp/824007674**
※スマートフォンとPCからのアクセスにのみ対応しております。
※サイトへのアクセスや登録時に発生する通信費等はご負担ください。

オーバーラップノベルス公式HP ▶ **https://over-lap.co.jp/lnv/**